TopBook
鳌书客

金魚繚乱

[日]冈本加乃子

在文学的世界里，像冈本这样丰盛而深厚的女子几乎不会再出现

——川端康成

日本传奇天才小说家冈本加乃子经典作品

无疾而终的爱情

痴缠于心底的偏执单恋

写尽人生的『求不得』与『意难平』

译者 杨晓钟 吴震 谢建梅

译校 曹珺红

陕西新华出版传媒集团
陕西人民出版社

图书在版编目（CIP）数据

金鱼缭乱 /（日）冈本加乃子著；杨晓钟译．—西安：陕西人民出版社，2019

ISBN 978-7-224-13278-6

Ⅰ．①金… Ⅱ．①冈… ②杨… Ⅲ．①短篇小说-小说集-日本-现代 Ⅳ．①I313.45

中国版本图书馆 CIP 数据核字（2019）第 137687 号

出 品 人：惠西平
总 策 划：宋亚萍
特约编辑：鲁小山
出版统筹：关 宁 韩 琳
策划编辑：王 凌 王 倩
责任编辑：张启阳 晏 藜
封面设计：哲 峰

金鱼缭乱

作　　者　［日］冈本加乃子
译　　者　杨晓钟　吴　震　谢建梅
译　　校　曹珺红
出版发行　陕西新华出版传媒集团　陕西人民出版社
　　　　　（西安北大街 147　邮编：710003）
印　　刷　西安市建明工贸有限责任公司
开　　本　787 毫米×1092 毫米　1/32
印　　张　6
字　　数　120 千字
版　　次　2019 年 9 月第 1 版
印　　次　2022 年 8 月第 2 次印刷
书　　号　ISBN 978-7-224-13278-6
定　　价　25.80 元

关于冈本加乃子

——写在《金鱼缭乱》前

杨晓钟

日本近代文坛女性作家辈出，但就其写作深度与灵性之美来看，能与男作家比肩者少之又少。冈本加乃子（1889—1939）是其中的佼佼者。她独特而有活力的文字，源自她奇特而复杂的人生体验与生而有之的绚烂绽放的才情。

冈本加乃子从来都不算是“安静型”的作家，她的一生活得轰轰烈烈，堪称传奇。出身于豪富之家的冈本加乃子，早年曾倾心于谷崎润一郎，后来嫁给号称“日本讽刺漫画第一人”的冈本一平。婚后由于丈夫沉湎于酒色、兄长去世、家族家道中落、女儿去世等一系列重大打击，冈本加乃子患上了精神疾病，自杀未遂。此后冈本一平幡然悔悟，不但专心守护家庭，甚而将妻子的情人接入家中，开始了奇特的“三人行”生活。

冈本加乃子传奇的一生一直为人津津乐道，她私生活的率真放浪恰由其本人性情的敏感细致、天真未凿、不通世故造成。然而，流言蜚语无法遮盖她闪着光彩的旷世才华。冈本加乃子是一位博学的才女，是诗人，也是小说家，还是一位深谙佛理的佛学研究者。她曾游历欧洲三年，本土文化与异域文化的奇妙融合，使得她的文字中充满了现代感，于华丽绚烂中透出理性内敛之美。

这本《金鱼缭乱》中，收录了《花之劲》《老妓抄》《疾跑》《越年》等冈本加乃子最有特点的几篇代表作。《花之劲》中以花朵的顽强生命力为自己的人生树立标准的桂子，《老妓抄》中勤于累积财富、充满生命活力的老艺妓，《越年》中四处寻找“仇人”却陷入无望爱情中的加奈，《疾跑》中摆脱社会束缚，在夜空下尽情展现自我的道子……这一个个人物形象，在加乃子的妙笔之下跃然纸上、栩栩如生。

冈本加乃子善于以细腻的笔触描写寻常人的生活，在自己最擅长的短篇小说领域，加乃子将如火的热情，包藏于细腻内敛的文字之中。其文字中情感的张力如此饱满微妙，每一个阅读者都可以充分感知。

冈本加乃子不算美女，但喜爱其文字的川端康成却评价说，她是个“高贵而丰润的美女”。在加乃子 49 岁去世之后，川端康成哀叹道：“我感到我身边的温暖都消失了。”由对文字的喜爱推及于作者本人，川端康成的这种体会，相信读过这本书的人，都会感同身受。

目录

花之劲

大大的玻璃鱼缸底部是长满绿藻的海绵，浑浊的缸水渐渐变成了阴沉沉的铅灰色。刚才还欢畅地游弋在鱼缸中的两条鎏金金鱼，似乎也感受到了沉重的氛围，把头扭向了一边，并排沉了下去。它们的鱼尾藏在绿色的海绵中，影影绰绰。鱼缸壁上渗出的水珠看起来像人在出汗，旁边放着一个点缀着黄色琥珀眼球的斑马摆件，那斑马的鼻子正抵在鱼缸壁上。鱼缸盖子上摆着一盆浅色红梅，花瓣早已散落，只留下那可怜的有些扎眼的花蕊。在她的弟子们——那些夫人们和她们的女儿们离开以后，三保谷桂子收集了一些花材的残枝，在圆柱形插花筒里插了一束花用来犒劳自己。欣赏了一会儿后，桂子注意到了窗外突然变化的天气，于是开始观察起那两条对天气极其敏感的金鱼来。

天色益发阴沉，风雨齐来，伴随着雷电。闪电的尖端透过

2

玻璃窗照亮了屋内的炉子。这时，桂子的外甥女泉子把屋子收拾得差不多了，端着水走了过来。

“金鱼、斑马、鲜花、闪电……这简直就是幻想派诗人们所喜欢的那幅景象啊。”

桂子这句话也不知道是在对谁说。有那么片刻，她想起了之前，即将离开法国的时候，那些她听说过的诗人们的诗歌。泉子拿起桂子未完成的插花的花筒，一边轻轻地给圆柱形插花筒里的花浇水，一边对桂子说：“老师，明天就是除夕了，要不要今晚把钱给小布施先生拿过去呢？”

小布施是桂子一个远房亲戚的儿子，也是桂子当年学习绘画时的同门。作为一名画家，小布施身体孱弱，一直接受着桂子经济上的援助。

桂子包好花的碎屑，然后拿起膝盖上铺的布。

“泉子总是一有什么事儿就先惦记着病弱的小布施，这样的泉子真是可爱，也说不定她在心里爱着小布施呢。”她边想边用右手拇指插进右前侧方的带子，松了松衣服，舒展了一下自己丰满的身体，引得博多①腰带哧哧作响。

“啊，松快多了。面对弟子们必须得时时刻刻端着，真是太难受了。泉子，给我拿杯茶过来吧。”

---

①博多，日本福冈市博多地区。

3

巨大的雷鸣声传来，甚至震动了茶室榻榻米下的托梁。之后那响声渐渐变弱，消失在了远空中。桂子和既是自己外甥女又是内室弟子的泉子坐在一起，吃了两三块麦落雁[①]后，一把抓过放在上漆的描金画台上分量十足的纸包——这些纸包里面是今天弟子们拿来的本月的所有学费。

桂子把它们包在包袱里说："那么，我去见我年轻的恋人了。"

这话一半是说给泉子听的。泉子左右看了一下，皱着眉头说："老师，您开玩笑也要有个分寸。小心被别人听见了……"那声音里，只能听出她纯粹的、对姨母兼老师的桂子的担忧之情。

"唉，听到了又能如何。独身女人这样说话很平常的吧。"

桂子的语气略带些惆怅。

外面雨势渐缓，桂子撑着伞从内玄关往外走。她的衣服将她丰满的身体勒成了不规则的形状。泉子担心众人目光，劝她不要在白天去探望小布施。

桂子转过头对泉子说："别担心，我白天大大方方地去，反而是对世间传言最有力的回击。"

---

①麦落雁，一种干点心。

4

姨母温柔的性情中，隐藏着能够战胜一切困难的精神力量。泉子又一次深深体会到了这一点，她无比信赖地目送着桂子的背影，那身影将这种精神力表现得淋漓尽致。泉子自己似乎也从中获取了力量。忽然像是想起了什么，桂子朝着厨房那边有些大声地说："婆婆，前院的桃叶珊瑚结满果子了。"

青色的果实都藏在绿色的枝叶里，所以之前完全没注意到呀，桂子心想。这时，屋子里传来一阵快活的脚步声，那是内室弟子桑子和在桂子家帮佣的工读生，她们比婆婆跑得更快，先来到了泉子伫立的洋馆内玄关的门口……

穿过山手区鳞次栉比的宅邸和商户，桂子顺着通往洼地的下坡道往前走。这是一条樱花道，道路两旁残存着零星的龙须草，以及被索雷尔藤、土瓜蔓缠绕在一起的高大的庭院树木。过去，这里曾是相当宏伟的一座庭院的入口。但是如今庭院已被住宅所淹没，唯有这条路保留了下来。坚硬的树干和精悍的瘦枝条紧密相连，让人联想到用铸铁混合而成的廊门。

桂子走入这条坡道时，突然想起了戈尔贡佐拉的奶酪——霉菌花在脂肪腐烂后自然形成的裂口处盛开，那妖娆的绿色是多么的充盈，富有年轻的活力啊。桂子不禁感叹，世间竟然有如此不真实的、无法用言语形容其美丽的东西。或许是因为去了国外以后,自己的味觉被那里的食物改变了吧。每当桂子一人走到这个城市的寂寞之处,就会想吃些如奶酪一般香味浓郁的东西。作为讲习所的老师,桂子不得不和泉子他们一起边喝茶,边吃些枯淡无味的干点心。她总感觉那时的自己仿佛是另外一个人。

雨停了,阳光透过树木间的缝隙,洒下漏斗状的黄色光线。断断续续残留着的枯草围墙,突然散发出强烈的混杂着橡胶味儿的青草香。幼弱的针形荆棘,无论是颜色还是形状都很像婴儿,让桂子觉得它们既神气又可爱。她伸出食指,按了按荆棘的尖端,说了一句,“能扎破我的话,那你就试试看呗”。荆棘的新芽微做抵抗后,柔软地弯了起来。桂子用力按下去,这时新芽的皮外侧似乎要折断了一般,内侧皱了起来。这让桂子生出了幻想——那新芽就像是在悲切地叫喊。她似乎听到了婴儿的哭泣声,于是收回了手指。

三十八岁的年纪,正是女人风华正茂之时,但没有生过孩子这件事,经常让桂子自责。本该出生的几个婴儿的无形的哭声,不时会在她耳边响起。迄今为止在这世间受到的迫害和威胁,使得桂子多少有一些被害的妄想。这突如其来的回忆破坏了桂子的心情,让她极其痛苦。她觉得,或许这时的自己,应该像少女一样冲进小布施的画室,让这位年轻的男性朋友请自己吃点什么吧。毕竟,用肚子去充实自己的身体,是这样的她所能做到的最简单的自我安慰。但是,身体里此时此刻所感到的“空”,是真正的饥饿,还是发自那多年空虚坏死的精神的无助空鸣呢?

桂子咽了一口唾沫,微笑,泪如雨下。

阳光炽热。

桂子略微收小了油纸伞,强迫自己迅速地走到了狭窄的上坡路口。行走当中,从高齿木屐传来向上的力量——这让她重新振作了起来。

走到上坡路的尽头,回首眺望春日里即将放晴的街道,桂子心中的悲戚渐渐散去,心中生出一种对上苍的感谢之情。“……至少,我可以用花来慰藉这苦难的人生。让我的花儿,布满这个世界吧……如果不可以的话,至少,让它布满我所居住的这个地方。”

这情感让她的心舒展,伸张,长出了浅浅的银色翅膀,轻抚过夏日东京的天,悄悄离去。

桂子受到巴黎美术服装师马莱夫人的邀请,在法国生活了六年。那期间,她曾应在伦敦的同胞们的恳请,越过海峡从法国去英国教了一个月的插花。那时的每个夜晚,桂子都穿着露背的晚礼服,一边因夜晚的寒冷而瑟瑟发抖,一边怀着崇敬的心情,看完了季度的戏剧。在一流的剧场女王座,她观赏过萧伯纳的戏剧作品《圣女贞德》。一般的评论都认为,萧伯纳对法兰西的圣女进行了深刻的讽刺,但桂子对此却有不同的感受。作者对圣女的辛辣鞭挞,看似痛快,但其实都被圣女一一避过,她的身体毫发无损。这样的隐忍和沉静才是圣女的真实面目——女人身上存在着唯有女人才能看清的真实面目。其他人的批评意见并不会影响到这样的观察力。每个女人的内心都隐藏着连自己都不能完全意识到的天然力量,一旦被炙热的热情勾起,这种力量就会被拉拽出来。它有时会像奇迹一般地出现,有时却会一生被埋藏。

虽然不知道,对女人来说,哪一种才算是幸福。

桂子回到巴黎以后,曾经和马莱夫人提到过那幕戏剧,而夫人则用她那独特的,略带虔敬又妩媚的笑容说:“据说天才的艺术作品,往往会表现出超越作者本身意图的东西来。萧伯纳或许是个天才呢。”

“口衔红花行世间,无惧亦无忧。”

这是桂子上女校时的朋友,一位女文人——K 女士,在桂子的讲习所开办之际赠予她的诗句。讲习所的女孩子们读到这句诗后,大家开始做一种“红花占卜”的游戏。她们嘴上衔着插花时剩下的花朵,双手叉着腰,模仿电影里出现的乔治·桑阔步前行。这游戏曾经流行一时,但不久就过时了。

桂子站在上坡路口,远眺雨后人迹稀少的道路。

街道两旁住宅很少,多是些装潢的新旧不一的商店。每家商店都像是要吞噬顾客似的，张着或大或小的嘴好奇地静候在那里。

桂子环视周围，心里涌起了退缩的念头。关于桂子来探望小布施后产生的流言已经把这一带传遍了，这些桂子从前就知道——这一带住着敌视桂子的同行。桂子突然想，若是自己能像 K 女士诗句中写的那样，犬齿和犬齿间咬紧花茎，阔步前行的话，应该就能够克服这种恐惧了吧。

看来若是离开了花儿，自己是一刻都活不下去了。

桂子晃了晃肩膀，感觉又一次从自己的身体里找回了自信。于是她笔直地向前方走去。

这条路的入口处立着一个禁止汽车出入的桩子。朴素的住宅区里道路很宽广，右边拐角进去第二家就是小布施的住所——一楼是和式房间，二楼是画室。

新芽从金目细叶冬青的围墙中探出头来，桂子掐下两三个新芽，又随手扔掉。她伸手推开松木门扉时，往上看了一眼。门上方挂着个新牌子，上面写着“程君画房”。这是有小布施这位西洋画作家风格的笔迹。抬头看看那牌子，雨水似乎还零散地挂在上面。

桂子的直觉就告诉她，小布施今天恐怕身体不是很舒服。

外表看似恃才傲物的小布施，却过分地在意时代潮流的变迁，这一点令人诧异。他的这个特点从十六七年前，在 Y 先生的画室和桂子同门时就开始显现。后期印象派、达达派、表现派、新古典派、超现实派等，这些在当时的日本看似都处于艺术前沿的画风，小布施都逐一吸收，在通俗派各个方向身体力行，直到他渐渐独立。

小布施未曾失去年轻人该有的斗志，桂子对此常常佩服不已。但同时，对他这样在任何一种画派都没有进行深层挖掘，只是浮于形式表面的忙碌非常担忧。

实际上，意识到自己在不断地吸纳那些时尚画风，并且一一将其表现在作品中，小布施对这样的自己怀有一种厌恶之情。而这厌恶的情绪，常常通过他敷衍的笔触，或是乌黑的色调宣泄给了观众。因此世人常常看不懂他的画作，只能敷衍地将他归类为前途有望的未来之星。

他的画不好卖也就是一个理所当然的结果了。

小布施身体里潜伏的结核病菌渐渐开始侵蚀他的肺部，自那以来，桂子感觉到他的焦躁日益明显。

桂子无数次对小布施说过这样的话。

“只要我能挣到钱，就能保证你生活无忧，所以你千万不要心急啊，这样对身体不好。”

小布施就会说：“不是因为那个原因。人呐，总是想通过某种方式向社会证明自己的存在啊。”

10

小布施在创作抽象派画作到一半的时候放弃了。他收起了西洋画的工具。顺应了重新得到关注的东洋艺术的潮流，转而在水墨画上下起了功夫——什么程君房呀，方干鲁呀，这些中国古代水墨画的画家，光听名字就感觉够遥远的，桂子却屡屡能从小布施那里听到。而他现在居然把那些名字作为自己居所的雅号，写在了牌子上。

看来，小布施已经发展到了不受到社会的认可，就无法安心的地步了。

桂子一进门，发现小布施在楼下十二个榻榻米大小的和式房间里，放了一扇桃山[①]风格的屏风。他正躺在那后面的床铺上。枕边凌乱地扔着些珐琅质地的锅啊、西洋式的碗碟之类的东西。水墨的桐箱和涂抹着水墨的宣纸混杂其间，水笔乱丢在画纸上。

“哎呀，这是怎么了？怎么这么乱啊，大姐呢？”

小布施明明刚才就听到了桂子进门的脚步声，却故意把目光放在明信片册子上。听到桂子这么一说，他才眨了眨眼，似乎是感觉有些耀眼般地抬起头看桂子。由于常常发怒紧皱眉头，让他的眉毛像蛾子一样压迫在高高的额头上，那下面本来柔和细长的眼睛微微充血，正怯怯地看着桂子——小布施

---

①安土桃山时代，1573～1598 年。

原本苍白的脸色如今已经变得有些微微发黑了。

“阿繁（女仆的名字）昨天请假了。现如今一个单身病人的家里，没有只付工资就能一直工作的姑娘了——嘿嘿，要是能给签订一个附带遗产的结婚合同或许还差不多。”

小布施这句话的语气略带些讽刺，一会儿，他的声音又变得坦诚起来，“那都无所谓了。这两三天女仆不在，我自己烧水什么的，做各种各样的杂务做累了，觉得读书啊画画都很麻烦，于是就躺在这儿开始研究你。我觉得你呢，毕竟是个女人，而女人身上具有的与生俱来的贞操，那才是能解决一切的最根本的东西。你觉得呢？”

似乎是为了证明自己的观点，小布施开始不停地翻明信片册子。他的脸上是桂子未曾见过的怀念过去的表情。这次轮到桂子觉得眼前的景象有些刺眼了。

“你胡说些什么呢？现在我的事儿并不是什么问题吧。话说回来，你的病怎么样了？”

桂子虽然嘴上这么说，但对小布施欲言又止的关于自己的感想，其实是想继续听下去的。于是她问小布施：“你怎么现在才把那个册子拿出来看呢？”

册子里放着的是桂子在外国期间，一直坚持给小布施寄来的厚厚的明信片集。那是两人的过去，虽然那里面并没有值得现在拿出来翻看的东西。

“现在看到这些明信片，我就在想，你在外国到处买这些东西的时候，也许单单只是收集吸引自己的景色、戏剧、绘画、陶器、玩偶而已。不过呢，你把它们寄给我时，其中包含的趣旨，却变成了一些能启发我的东西。我从中发现了一件很有趣的事情。无论是你每个时节的问候，还是有关旅行印象的报告——虽然内容各自不同，但通过这三百多张明信片上你写的文字，都能从里面读取到你的主观思想。总而言之就是一条……”

“什么样的主观思想呢？”

“我如果说出来的话，你自己一定都会很惊讶的吧。概括起来是这样的。即，你想始终用鲜活的花儿来作画。用颜料的话总觉得缺点儿什么。那应该是在我二十岁，你二十二岁的时候。你第一次凭想象画出了一幅自己理想中的作品，而我一不小心批评了那幅画。于是那之后的两三天，你都一直闷闷不乐地在思考。有一天，你突然走到 Y 先生面前，说了一句，颜料并不足以表达你的理想，你要用鲜花来作画。说完，你就打碎了调色板。”

桂子听到这里，回忆起了当时的场景。

也许就是因为这件事，本来已经成为恋人的两人，最终偏向了友情的方向。那之后，桂子回到了身为花道宗家的父亲身边，开始学习插花。而直到如今，小布施才把这册子推到她面前。

那时的桂子，还有那时她的愿望，全部贯穿在每一封明信片的文字里。

“但我给你寄明信片的时候，并不是次次都想着这个而写的啊。”

“那这样吧，咱们一段一段地来读一下。你看这里，写着一些前卫派的艺术论。然后你接着写道，‘我要将这艺术理论也完美地应用在插花艺术上。我会用自己的方式——无论是自己独有的理论还是感情——总之我必定会将所有这些理论，用来表现我的全部生命。’看吧，这不是清清楚楚的嘛。”

听他这样一说，桂子想起了刚才在坡道上产生出的那银色翅膀的幻觉。

这些寄给小布施的明信片里的文字与欲望——或者说是感情同类的什么东西，是不是也被他感知到了？听了小布施的话，桂子不由觉得，自己刚才在上坡尽头的幻想有些令她羞耻。

眼前的小布施却表现出一副积极应战的状态来，“就算是那样，不也挺好的吗？”小布施逐渐兴奋起来，似乎已经克制不住自己的情绪了。

“最近的我，感觉自己找回了原本东洋人的本性，能够定下心来将一切看得清清楚楚。对你的观察呢，说得透彻一些是这样的：那个时候你的作品受到攻击，你激愤不已、百般抗拒却无可奈何，只能像拽住一根救命绳一样，继承了家传的插花事业。从那以后，你的前半生都在侍奉鲜花中度过。我常想，如果那个时候没有插花的话，应该会有一位男性站在那个位置。而当时的少女桂子，就会将迄今为止对插花的热情和贞操，全都奉献给那位男性吧……你会成为一个忠实的主妇或是妻子。”

桂子想要否认，却被小布施阻止住。

“从禀赋上来说，你就是这样的女人！”

小布施不容分辩的语气，让桂子无法予以反击。这是一种接近病态的自以为是。小布施的这种自以为是，这种自私地想要获取优越感的做法，让桂子觉得不可思议。但是，渐渐地，她似乎有些明白了。一个精神上有抱负但没有足够体力去实施的萎靡不振的男性，个性独立成熟的女性于他们而言是一种负担。小布施至今都仍被这种本能支配着，他强行想将女性的禀赋看作是男性的附属物，以此获得自己内心的平衡。如果是这样的话，比起争论这件事情的对与错，倒不如先关心一下小布施的身体状况。

“我们先不说那个了，你今天身体的状况怎么样啊？”

“嗯，避开话题转移到肚子这里了。真是可喜可贺啊。”

对关系到他生命的事情，小布施仍使用着刻薄迂回的语气，让桂子不禁一怔。不过她知道这只是长期患病的人自暴自弃式的反话，所以心里反而感觉更加不忍。

……

小布施对自己的病症已厌倦至极，所以听到别人出于关心的慰问也很是不耐烦。也不知从何时起，以反语式的讽刺回应桂子等人的慰问，已经成为他的一种习惯。

桂子感觉微微有些冷，于是把两只袖子放了下来，向庭院里望去。院子里的花坛不见了，布满苔藓的平地上只摆放了一些石头和紫竹。这半个月桂子忙于工作没时间过来，倒是泉子时不时地来看望小布施，但她却没有提起过庭院的变化。

桂子意识到这一点，于是问小布施："什么时候修的院子？泉子可什么都没有说啊。"

"差不多十天前吧。知道自己活不了多久后，我就叫了园林工人来，急急忙忙地只用了三天时间就修完了。这间房子和这座庭院，除了你，其他人我都不会让他们进来的。我打算到死为止都自己一人来尽情地欣赏。"

夕阳掠过隔壁瓦房顶的一角，余晖落在院子里，紫竹和石头的一侧被染成橘色，另一侧隐藏在阴影中。

清风徐徐吹过，紫竹微微摇曳。

"新栽的紫竹也能发出这么悦耳的枝叶摩擦声，真是妙不可言啊。夜晚，当我一人聆听到这声音，就感觉以往十七八年苦苦挣扎的辛酸都被一扫而光。虽然,间或有微微感伤,不过都可以忽略不计了。”

苍月与薄暮并行,烟霭在中庭里渐渐弥漫。

“总之,人生终结的时候,还是这样枯淡的东洋景致好啊,淡淡地。”

桂子被小布施搅乱了心绪,一时间无法平息。她沉默地打开灯,收拾好散落一地的餐具,然后把自己带来的那包钱塞到了小布施的枕头下。

“总之,最近我会让泉子来照顾你。另外,重新找个大夫给你看一看吧,不要随随便便就放弃自己。”

说完,桂子走出了画房。

当桂子走出房间的时候,小布施用手捂住了自己的眼睛。

桂子讲习所的五周年纪念大会,将于十天后举办,地点在Q艺术馆。既要拜托同行展出作品,又要频繁登门与旧识寒暄,同时还要指导弟子们手头正在进行的作品,当然还要花心思完成自己的作品,一时之间桂子忙得不亦乐乎。

而原本说好可以租借的Q艺术馆,居然在距离大会举行只剩十天这个迫在眉睫的当口突然出现了问题。对桂子而言怀疑这其中绝对有猫腻,应该是那些敌视她的同行们在背后阴谋策划出的结果。艺术馆方面给出的理由则是,这间艺术馆以前不曾举办过插花展览，而且，迄今为止，在这所场馆展出的无论是美术品还是工艺品，都是获得了一定好评的作品。而桂子这次举办的大会，多少带些冒险性质，是野心家的一种尝试性活动，有可能给好不容易树立起来的一流艺术品展馆的权威性带来损害。

中间人告诉桂子，艺术馆方面负责人是突然开始强调这一点的。

这次展会虽说是讲习所的五周年纪念大会，其实相当于桂子在新插花界的正式出道。桂子想使用的不再是平时插花常用的孤挺花、郁金香、康乃馨、大丽花等西洋鲜花。通过对以往极少见的奇特的南洋鲜花、寒带鲜花以及草木枯叶等独创性的使用，她希望打破对传统花道的那种单纯的模仿，达到彰显新兴美术手法的效果。

凭借这份自信和成绩出道，是桂子最初的计划。

桂子觉得自己无论如何都不能这样被击垮，所以一直斗志昂扬地坚持着，但结果却令人失望——Q 艺术馆的租借权利终究未能争取到。场馆问题的烦恼、插花大会无法举行的打击，种种不如意让桂子觉得非常丢脸，整个人身心俱疲，进而导致她这一阵子很稀奇地开始睡午觉了。

结果不知何时，时间流逝，花朵凋零。

桂子强烈地感觉到，季节的变化比自己焦躁的心绪走得还要快。今天也是一样,在茶室的小房间,桂子卡好推拉门的锁扣,头枕着竹枕躺下,感觉自己的世界多多少少恢复了一点正常。自从把泉子派到小布施那里后,桂子觉得身边事处处都不顺心。内室弟子桑子代替泉子开始照料桂子,这孩子出生在加利福尼亚,对老师完全抱着一种事务性的态度,所以许多事都做得不合桂子的心意。而且,有些事除了外甥女泉子外,桂子也的确没办法拜托别人去做——比如说放在寝室暗橱里的夜壶。即使它表面的波斯图案再怎么清秀华丽,桂子无论如何也都无法交给桑子去处理,只能自己动手。桑子成年之前一直在国外长大,不熟悉日本的习惯,她做事情时自然流露出的种种有趣的神态,时不时地能带给桂子一些安慰。隔三岔五的,弟子们会给插花老师送些小礼物来。有一天,送来的是下町料理店的鲣鱼土佐烧。鲣鱼肉片盛在带有美丽祥瑞图案的盘子里,被稻草火焰焙过的一侧,不透明的烤肉颜色快速晕染成了鲜活的石竹色。桑子目不转睛盯着鲣鱼肉片看了一会儿,然后她问桂子:“老师,老师,老师啊,这生鱼片是不是腐烂了?”听到她的问题,桂子感觉有趣又好笑,好像自己身边养了个不懂事的顽皮而好奇的孩子一样。桂子一把握住桑子的手说:

“桑子,好了,好了,不说了!”

桑子还干过一件蠢事——她把檐廊处的金鱼缸清洗得干

干净净。她用未被太阳晒过的干净的水,换掉了好不容易积攒下来的长着绿色水绵的水[①]。不过桂子却觉得在夏季,这样做也挺好。她感触地眺望着庭院和檐廊外,因为太忙,有好一阵子没仔细欣赏过这里的风景了。

初夏炽热的阳光照射着整个庭院。阳光横照过金鱼缸,爬到檐廊。水底的玉石,让整个鱼缸看起来就像是一块水晶。两条色彩斑斓的金鱼摇摆着鱼鳍,似乎对突然更换了的新水有些惊讶,但立刻就适应了起来,很享受地在水中畅游。鎏金金鱼的身体上布满五彩豹纹,而鱼鳍如同白纱一样。畅游起来的金鱼将身体扭得像美丽的流苏。

斑马摆设依然是嘴巴挨着鱼缸的外侧,瞪大着圆溜溜的琥珀眼睛。

鱼缸盖上的花瓶里插着一束青色的麦穗。

兴奋和疲惫交杂在一起,无法安睡,虽然预感到前方还有无数困难等着自己,桂子并没有丝毫不开心,反而变得更加生机勃勃。

“我到底是怎样的一个女人呢?在斗志中居然能时时体会到一种疼痛的快感……”

---

①据说,鱼类动物更喜欢待在并不完全清澈的水里。过于干净未经过太阳曝晒的水会伤害鱼的身体。

渐渐地，桂子进入半梦半醒的状态。她瞳孔松弛、眼皮沉重，时不时反射性地想睁眼抵抗睡魔。每当这时，庭院里安静而美丽的花儿就会用自己美丽柔软的花瓣，让桂子的眼睛进入新的睡眠。

以叶樱为背景，庭院里建造了一个小型的池塘。这个池塘模仿了大和国分尼寺的远州（远江国别称，现静冈县西部）派的庭院模式，带有一种女性的温婉风格。眼前的檐廊边修了一个大花坛，桂子的学生和花店的人，有时会拿些带着根的鲜花来种下，有时会种下些在温室花盆里开过季的花儿来。这些花儿有些开过了季节，有些依照四季气候、规规矩矩地开放。总之，这里一年到头，鲜花都开得甚是蓬勃。这里被桂子的学生们叫作“鲜花弃老山”或“鲜花百货店”。

桂子在梦境与现实之间恍恍惚惚地徘徊。罂粟花、鲁冰花、小判草、杜鹃花、紫菀、香豌豆、鸢尾、铃兰、金鱼草、银莲花、风信子、棣棠、蔷薇、小金雀、郁金香、花菱草、大浜菊、雏菊、松叶菊、剪金花、矮牵牛花……各种颜色的鲜花颤动着、混杂交织在一起，变成了一个巨大的花环。不一会儿，花朵越聚越多，数百枝、数千枝甚至更多数不清的花茎、花叶、花枝，又合在一起变成了更巨大的花茎、花叶和花枝，支撑起这个巨大的花环。

正在这时，一声巨大的呻吟响起。

“哞！哞！”

白玉般的汗珠无声地滴落，渗入大地。不知何时，大地变得透明，地底下几枝白玉树根缠绕在一起，形成的粗壮树根支撑着地上的花环，这景象如同卡通电影一般，颜色无比鲜明。巨大的呻吟声正从那里响起。

“哞！哞！”

桂子在半梦半醒间想，这难道就是儒勒罗曼奉行的“旧一体”主义里，试图给人类建立起机械性、神秘性体系的那个修道院的样子吗？

……

桂子想，这不就是保尔·克洛岱尔曾经大胆无畏地宣称，“我主在现代的停车场，也在剧场里”，那所谓的“韵致”天主教义的象征吗？

其他还有 “什么什么”“什么什么”来着？

……

桂子自从事艺术工作以来，处处都能遇到让她深受影响、为之折服而又只能无奈错过的思想。无论那些思想本身再怎么咄咄逼人，其中都蕴含着对女性的尊重。那尊重如同天鹅绒般柔软的触手，总能使女性得到慰藉。那些思想，如今在桂子的意识中循环往复。

……

花儿纹丝不动。

她的心里只是用力发出“哞！哞！”的声音，白玉般的汗珠滴滴答答地往下落。或许花儿存在于人的意识之外，盘踞在实际感觉之中，是一切美丽的由来。正因为是这样难以言表的“由来”，无论谁都对这份美无可奈何。

这时，花儿散发出一股高雅馥郁而又清新的气味。桂子迷迷糊糊地想，为了让花能充分吸收水分，弟子们正在练习所里，烧芍药的花根。想到这里，桂子的意识渐渐清醒。于是，梦中那巨大的花朵，从那神秘的巨轮缓慢地分裂成了现实中的一朵朵鲜花，回到了各自原来的位置。

泉子一个人呆呆地站在庭院里。桂子问她：“你怎么了？”泉子带着几分羞涩，弯腰向桂子行了一个大礼。那腰间巧妙缠绕的腰带，衬托出和服下摆小心翼翼错开的幅度。那时时留意自己袖口的姿态，和平时在家时完全不同。比起这些细节，更让桂子心中一动的是，小姑娘忧郁的表情中隐藏着的那种觉悟和骄傲。

桂子身边弟子众多，早已习惯了如何应对处女。而且因为她一直将身心奉献给插花事业，过了16年的禁欲生活，所以对性方面的分辨感觉比常人要敏锐许多。这时，桂子立刻发觉自己的外甥女已经从少女变成了女人，而这是作为姨母的自己毫无办法的事情。以前相互没有隐瞒、亲密共处的独身女人和处女之间的关系出现了隔阂。而和泉子发生关系的对象会是谁呢?

桂子心中如同被烙铁熨烫过一般,“糟了!”

“泉子,你怎么不进来呢?”

“嗯,因为我去帮小布施先生买东西了……”

泉子故意将小布施的名字说得大声而又冷淡。相反桂子却变得有些语无伦次。

她把坐垫放到了外廊上金鱼钵的旁边,对泉子说:“那么,坐到这儿来吧。”

被泉子的客套礼仪感染,结果桂子自己也变得十分客套。桂子心想这还真是不可思议。

据泉子说,小布施的身体状况不太好。给结核患处照射X光线是唯一的希望,但是小布施却怎么都不肯答应去专门医院住院。每天早晨鸡鸣时,小布施腹部的患处就会开始剧烈疼痛。

“每当疼痛时,小布施先生就一定会又哭又笑地说,不过是喝着茶死去罢了。我不安极了,那么大块头的一个人,我绝不相信他会死。”

泉子沉重的呼吸声似乎在说,“我一定要用自己的热诚让那个男人活下去”,这比她的语言更加刺激桂子。一直以来，虽说小布施和桂子的交情并非恋爱关系，但当桂子回顾过去时，却发现有一点会让自己感觉有些羞涩，那就是小布施身上的男性体味对自己的慰藉。小布施比一般的男人体格魁梧，他身上的体毛如同法兰绒般柔软，散发着干草的清香。那似乎正是他体弱多病的体质熏制出的气味。这气味即便仅仅是在脑海里浮现，桂子的心灵都能立刻得到抚慰。小布施的体味对桂子的影响，超越了时空——归国途中，与日本相隔遥远、几乎是在地球另一端的大西洋上的美国附近的汽船中，桂子嗅到了小布施的气味，于是她在女性专用的船舱里安然进入梦乡。

没有办法——又不能直接和他肌肤相亲。发誓要将贞操献给插花事业的桂子，只能时不时地用这样的借口劝慰自己。

怎么说呢。只是，之前一直以为自己和他交情淡泊的男人，一旦连他的体味都被别人独占，桂子内心油然而生的那种痛苦绝伦的熊熊火焰，开始搅得她身体内部天翻地覆，让她经过常年锤炼建立起的秩序、善恶判断、对艺术献身的意识，似乎全都要一举覆灭了。

但是，她没有任何立场去责怪小布施和泉子。小布施并没有被打上她情人的烙印，他只是一个单纯的被桂子物资资助的人。无论小布施和其他女性之间产生了怎样的爱情，或者小布施要和谁结婚，都是他的自由。

也不能说是外甥女抢走了姨母的东西。泉子对姨母的顾忌,也许只是没找到表白机会而表现出来的谨慎罢了。

“小布施先生最近有没有说,有事想见我?”桂子竭力装作若无其事的样子问泉子。

“没有呢。噢,对了,他最近喜欢上了煎茶,跟我说要是有好的煎茶的话,就给他带一点儿过去。”

桂子找出装着煎茶的盒子,以及接下来一段时间的费用一起交给了泉子。泉子离开的背影宛如一个娇小的年轻妻子。

在小布施的病房里,桂子催促小布施,“泉子回来之前你快点儿告诉我。我不想让泉子知道这些。”桂子的内心实在过于煎熬,于是尽管很忙还是来探望了小布施。知道泉子有深夜去公共浴池的习惯,于是桂子趁机深夜到访小布施。

自己居然沦落到要趁别人不在才能行动,真是太凄惨了。

“我头也开始疼了,觉得什么都无所谓了,其实也没必要给你回话。”

小布施靠着枕头的支撑,好不容易趴了下来。

“你要问,那我就老实告诉你。你和我过去的确曾经相爱过。”

小布施淡淡地说着,似乎是在说别人的事情。

“我也是突然才意识这一点的。不过无论怎么想，在那么长的岁月当中，我也没有过一次想结婚的念头。”桂子也和小布施语气一样，淡淡地说着。

“我们两个还真是不可思议的相似呢。你身上似乎流淌着一条河流，可以说那是你在出生前就已经注定的河流。无论遇上什么东西，你都能将它吸纳，让自己的生命之河越来越宽阔。而与之相反的是，我与生俱来的只有如同池塘水一样的生命，而它也已经快要被我挥洒殆尽。”小布施一边用粗茶润嗓子，一边说着，声音嘶哑得似乎连肉体都即将枯萎。他说，人类的本能看似灵巧实则笨拙，看似笨拙实则灵巧，很难说得清楚。从一开始他爱着桂子的时候，就一直臣服在桂子生命中那股顽强的河流之下。听桂子坚定不移、毫不停歇地拓宽自己生命河流的声音，对小布施来说是一种折磨。更何况，对于余生屈指可数的人，这种折磨就好似从边缘剪掉自己的生命一样，让人更加焦躁不安。

“你最初画了一幅牡丹吧。我看到那幅画时非常震惊，因为从中感受到了一种不可思议的蓬勃的力量，那是一幅单纯的绘画作品无法表达出来的东西。画布上潜藏着一股超越了画作本身的野心，以逼人的气魄在画面上想要振翅高飞。于是我不禁怒喝了一句：‘这不是画！’”

“是那幅花朵苍白得似乎要燃烧起来的白牡丹画儿吗？”

要是当年坚定不移地追寻那幅画的意义的话，桂子也许就能在绘画领域找到她未来发展的可能性。或许如今的她完全找错了艺术方向。但是，在桂子自己还没能看清那一点的时候，小布施的本能就对她的天资产生了排斥反应。

“没办法啊。人呐，有的时候，会有既非情感亦非理智的东西一股脑涌上心头，做出连自己都觉得惊讶的事情。”

小布施选择和泉子在一起，将桂子驱除出自己生命的轨迹。他在安心的同时，心里又有一种毫无道理的落寞。

小布施又说了一遍。

“坚强的生命在推搡着柔弱的生命。如果推搡这个词有语病的话，那又可以换作非常的宠爱、惦记，这感觉活像觉得某个玩具很稀罕所以在手里来回地摆弄的孩子。那孩子看到了金钱龟，他会让乌龟游泳，让乌龟在水桶口爬圈儿，或是把乌龟翻过来。对和自己不是同等级大的人，孩子是非常好奇的。”

每每收到精力充沛的桂子从欧洲寄来的新兴画派的介绍，或是她自己的感想、意见时，小布施都会心烦意乱，备受冲击。桂子把这些当成流行，不断变换。而小布施为了能够和桂子站在同一条起跑线上，却总是一再裁剪自己的肉体和精神，试图能跟上这些流行。结果，他不多的生命力，也由于这些而被耗费掉很多。

“不，不是这样的。我只是想要让你成为一名有个性的杰出画家而已”，桂子终于承受不住，无意识地把手搭在小布施掀开一半的被子上说道：“我只是那样想的而已。没有一丝一毫自私自利、想戏弄你的想法。”

小布施感觉疲惫起来。

“你那只是伪装的爱而已。两个人的生命总量差异如果过于悬殊，那他们之间的爱情一定很悲惨。”

桂子知道小布施所说的很有道理。但无论如何，一想到小布施已经和自己毫无关系，她还是忍不住大哭起来。

“可是，我并不是你说的那样只懂得向前看的女人。现在我什么心劲儿都没有了。”

小布施深深吸了一口气，坐了起来，怜悯地摩挲着桂子的后背。

“怎么了这是？都三十八岁了，哭什么呀！可能会有一阵子很难过，不过你的韧劲不会允许你一直消沉下去的。你一定会很快重新振作起来的。”

有些该说的话一定要说，桂子这样想着，于是她问小布施，

“你和泉子在一起，是因为跟我赌气吗？”

听到这个问题，小布施抚摸桂子的手突然停下来，说：“不，并不是。”过了一会儿，他又开始一边慢慢地摩挲桂子的

后背，一边说："可以说，是我顺从了自然的意志吧。我这样一个在这世间不完整的人，如果老天爷连一个孩子都不给留下的话……"

小布施筋疲力尽，又躺了回去。他脚尖朝上地躺着，但身体却歪向另一边。两手交叉叠在额头上，小布施也不知是对谁说着，"我孩子长大的时候，医学发达，结核病应该已经不会影响身体的健康了吧？"

由于Q艺术馆租借不顺利和小布施的事情，让桂子这一年过得精疲力竭。但就在这一年当中，她的信誉和名气高涨。现在，反倒轮到Q艺术馆恳请桂子来举办大会了。

桂子自身对这样的幸运并没有多少感动。因为从以往许多事情的发展过程中，她深深地体会到一点，"能做之时，即无用之时。"不过，桂子还是需要一个让自己重新振作的力量，于是最终她答应了Q艺术馆。

"口衔红花行世间，无惧亦无忧。"

如同友人写来的诗句所云，桂子与其说是口中衔花，倒不如说是咬紧花朵，连性命都在死命地缠着花儿。花朵傲立的模样展现出源源不断的生机，给她带来了卓越超群的生命力。

在这里，我把桂子对花的爱和理解整理了一下，以飨读者。大体如下：

所有花的颜色都是从花的生命里直接渗出的色泽的灵魂。比起人工炼制的颜料，桂子更想用花的纯粹来作画。人工颜料由于有反色，所以往往容易出现不和谐、互相排斥的现象。而花儿本身的颜色就是太阳光线照射下的色泽。每一朵花，在原色上都会呈现出色彩的由浓到淡。这些色彩无法清晰地分开——能分的话那就不是花儿了。而且，看上去似乎是混杂而成的中间色，也总呈现出最大限度的色彩饱和度。最纯的色度，无论如何混杂搭配，都不会出现排斥、抵触、不和谐的情况。因此花儿即便只有一朵也并不寂寞，许许多多聚在一起也并不嘈杂。花之姿态、形状，乃是万物之理想。在这个理想世界里，就连描述性器官的那些油滑语句都显得庄严肃穆。桂子看过巴尔扎克的小说中不为人知的杰作。小说主人公是一名画家，为了追求绝对完美的绘画，他将画布涂抹殆尽，让世间的人根本无法判断出他画的是什么。读到这一段时，桂子不禁潸然泪下。止住眼泪后，她有一种实实在在的冲动，她真想告诉这个主人公，这世间还有花儿。夜半忽然醒来，桂子在黑暗中摸索时看到的花的姿态——那是一种多么优雅、多么充满神秘感触的喜悦啊。花蕴含的艺术性的美，会刺激观花者的荷尔蒙分泌。桂子曾经在对花儿的注解中，写过两句东方的古语，那就是："忍受人生一切苦难去培育理想的种子，等到花开一片，宇宙会以植物的形式象征出成熟的人格。热爱一朵花儿,也是未完全成熟的人格在无意识中对已完成者的艳羡。”此外,桂子自己还写下了自己的主观感想:“即使是小米粒一般大小的花朵,也能表达出全部草木的性格以及所背负的生命力。它们吸收地里的污秽作为自己的滋养,然后在地面上、阳光下璀璨绽放。这般坚强的生命力,就是花之劲。”

桂子以鲜花为画的公开展览即将举行。地点就在Q艺术馆的上下两层,她的作品摆满了所有的场馆。

主要作品如下:

一楼,代替玄关的屏风,一条从树上剪下的硕大松枝,稳稳地插在上了漆的大船造型的花器上,藤条如波浪般在大小松枝间摇曳。红木、白色合金以及深灰色大理石材质构成了一个大气平流层质感的壁炉,而壁炉上则插着一枝寂寞的红木爪。

窗边,鱼鳞状纹理的酒桶上箍着红铜条,大小两条蔓枝从酒桶上伸出,绕着窗框向上蔓延。紧实的墨绿色叶片的背后,南五味子上缀满了像是包裹着熟绢的小花。地板一隅摆着一座充满忧郁气息的铅制九曲桥,它的每个棱角上都插着燕子花,让人联想起王朝(天皇亲政时代。一般指奈良、平安时代)时代的火热激情。

二楼楼梯最上面的转角有座小山丘——不，那是一个像小山丘似的素烧大花器，上面插着整株大红色的山茶花。那山茶花树的树龄足有好几十年，花朵比花器还要大一圈，它的枝叶向四面伸展。左边同样有一件作品——藤编的大鸟笼里并没有鸟，而是三彩南洋花在婉转啼鸣。

圆柱背面，菱形灯笼里点亮着一盏淡紫色的紫丁香灯。墙壁一处突出的柜子上，金属质地的敞口浅花瓶里插着的干枯芦苇，宛如圣人模样。同一个瓶中还有三支钓鱼竿，似乎是一幅表现给圣人献花的画面。正面的大花坛背后是模拟月光清晖的照明，而前面则是如太阳般炽热的一大簇牡丹花丛。

三楼黑书院（幕府及诸大名城中的书院）的宽阔地板上，百济观音的右手摆着施无畏印，与其口中衔着的麻质花朵相得益彰。背景是雪村（室町时代后期的画僧）画轴中的夏日山水风景。旁边时尚的菱形松皮花器中插着绚烂的红黄玫瑰，仿佛代表着鹿鸣馆（明治政府设置的社交场所，主要用于接待国宾和外国的外交官）时代的奢华。

接下来是茶室。小小的房间里只摆着一个古老油壶，那里面插着已经凋谢、即将成熟的油菜花。背景是八大山人的秃笔兰花画。

走廊一角的白瓷大水盘中，红白色的康乃馨竞相开放，似乎是一幅“百花争艳图”。

食堂的慕尼黑国立啤酒饮用场的陶质啤酒扎里插着石楠花和透百合。细长的带耳花瓶里，插的是雏菊和香豌豆。威尼斯大玻璃盘上则是金鱼藻和水莲。

每个插花作品都有标题，苇屋宇奈比处女（又名苇屋菟原处女，古代争妻传说中的主人公）、竖琴、徒言歌（和歌六种文体之一。不借物比喻，平实表达内心感情）、最初的沉思、恬静书签、白发、文艺复兴时期、放牧、乔治・桑、奈良、哥特式、紫式部、初恋、盛宴、押韵诗等等，标题之多数不胜数。

此外，还有一间特别展室。大开间里，和弟子们的作品相距甚远的一处角落，摆着这次展览大赛中备受瞩目的两件作品。一件名为《摇篮》，一件名为《棺椁》。可爱的摇篮由生铁和人造纤维材质编成，边缘插着一个郁金香的圆形花蕾，乍看极其简单，但却营造出非常雅致新奇的效果。而大型的棺椁材质使用了秩父（琦玉县西部的地名）出产的蛇纹石，中间挖出一个人形，底部插着柔软安详的铃兰。

这一天，桂子穿着一身无瑕的浅蓝色洋装。这件衣服让桂子无论站在哪个插花作品旁看起来都很和谐。桂子一直微笑着接待从城市四面八方聚集来的观众。偶尔遇到熟人、收到祝贺的言语时，她就会鞠躬致谢。报纸的记者说，会用所有溢美之词，对桂子富有勇气的新兴艺术进行报道。对此桂子也行礼表示了感谢。

夜里，会场安静了下来。泉子坐汽车从家里来接桂子。她怀抱着婴儿看了一圈会场，感觉有些疲惫，于是去食堂里喝了点东西。桂子一人来到夜空下，在Q艺术馆天台上的庭院里停下了脚步。

……

小布施……

桂子用手帕按住眼角，到底还是哭了。

小布施……

虽然嘴里喊的是死去的小布施的名字，实际上桂子的泪水是为自己的命运、对悲痛的忍耐和潜藏的强烈感情而流的。桂子忽然发现，脚下整个艺术馆的花朵，正在一齐支撑着楼上的自己。这正是桂子生命的那股坚强力量，它永远散发着清新的气息，一直在更强有力地支撑着桂子的生命。桂子停止了哭泣。

“花之劲。”

说完，她用力地点了一下头。当夜风缓缓吹动桂子衣服的下摆时，桂子似乎也化身为一株鲜花——

在微风中静静地伫立于此。

混沌未分

小初站在跳台上,手臂举到头顶,挡住阳光,观察着空中云层的变化。抬起的手臂向着阳光的一侧已被晒成了小麦色,手腕内侧到腋下则是柔和的白色,就像鱼背与鱼腹一样黑白分明。她全身充满了天性爱水的人才有的美丽肤色与出众的柔韧性。她的脸微圆,嘴唇小而略突出,有着女神般的美貌。抬起的手臂在脸庞上部投下一片阴影。阴影下,一双眼角微垂的大眼睛散发出海豚之眼般的光芒。

小初遮住额头的右手指尖、与扶在腰间的左手手腕保持着身体的平衡,这是只有需要时刻留意着天气、从事某些职业的男人们才有的姿势。她中等身材,肌肉紧实。作为一名女性游泳教练,她薄薄的泳衣下,腹肌并不十分发达,但腰臀部却饱满圆润,充满着母性的威严与旺盛的斗志。

头顶的天空就像个玻璃盖子,清澈紧致。盖子下则充满了闷热的空气。目光所及的一片芦苇荡微微晃动着，只有这里才有一些微风——这可真是让人郁闷的酷暑天气啊。荒川的泄洪渠从北向东南方向延伸，分成两路，其中一路经过葛西川桥下，浩浩荡荡地流入大海。

“这天气真让人弄不懂。”小初嘟囔着。她在担心五天后要举行的越野游泳比赛。

小初将视线转向西面，那里是楼宇密集的城市中心。从这里看去，鳞次栉比的屋顶都笼罩在一片蒸腾的热气中。附近的楼房都集中在三条大路周边。一条是砂町，一条是位于大岛町的清砂大街——那里有堆得像城堡似的瓦斯罐，另一条则是八幡大街。

三条大路分别向三个方向不规则地延伸出去，楼宇也随着不规则地铺排开来。附近的屋顶屋瓦相连，给人一种扑面而至的错觉。另外，还有多到让人讨厌的高楼和大型工厂，几百支不断吐出烟雾的烟囱高耸在炙热、充满灰尘的天空中。

小初将扶在腰部的左手举到头顶、双手交叉保持着遮阳的姿势，阴影下的双眼出神地注视着夏末的烈日，深深地叹了一口气。

父亲从祖父那里继承的游泳场在隅田川岸边，由于城市的扩张不得不搬到了竖川，再搬到小名木川，现在又搬到了城市边缘的横掘，终于置身于砂村这一片木材堆场中。虽然到处还残留着战争留下的伤痕，但随着大东京建设脚步的推进，这里已经成为规划中的城东区砂町，即将变成市区了。这一点倒是颇能满足一直把“我们青海流是城里人才熟悉的游泳流派，绝不会流落到乡下”这句话挂在嘴边的父亲的虚荣心。父亲十分害怕搬去泄洪渠对面的江户川区，虽然那里也划入东京了，可是作为老东京人的父亲，却无论如何无法接受葛西地区竟然也变成了市区的这个现实。于是，父亲将荒川泄洪渠作为最后的底线，决心死守青海流游泳的最后一片阵地。

作为小初和父亲夏季谋生手段的游泳场虽然几经搬迁，但到今年夏天之前，两人的家仍在日本桥的小网町。除了夏季之外，其他时间父亲的职业是设计绸缎等纺织品的包装纸。由于自学了英文，父亲可以直接与英国的纺织品公司信函联系，索取商品目录。再仿照其中的包装等图案，加上自己的创意，让画工描绘之后交给印刷厂印刷，而后卖给纺织品的批发商。有时也会接一些广告传单之类的活儿。

不过当地的纺织品公会也在不断地发展进步，画工们也一样，因此那些中间商以及像父亲这样的靠卖创意为生的人就没了市场。兼作办公室的住家也日渐门庭冷落，终至无法维系。在那之后父亲也尝试过其他的生意，却最终血本无归，连祖上传下来的积蓄、家具等都没能保住。因此这个夏天，父女两人托词说是要看游泳场，其实就是住在这里。

看着眼前层层叠叠的屋顶，想到自己家里接二连三失去的房子和游泳场，小初深刻地感受到了城市化带来的冲击。但出神地看着这一切的小初，在深切感受到自家没落必然性的同时，反而对城市化产生了依恋。

最后，能够挽救自己的难道不正是这城市化的洪流吗？正是这种依恋，让她对从去年夏天开始交往的熏开始疏远。

熏的家住在游泳场附近，父亲只是一个收入微薄的公司职员。对于两人曾有过的身体接触，她甚至想起就会觉得丢人。与此相反，小初对一直缠着自己的贝原的看法改变了。

贝原是个五十多岁经营木材厂的男人，对小初有意，因此让小初父女免费在自己的木材堆场里开设了游泳场，还帮着介绍学员、在训练时划着船在一旁帮忙。看来只要是自己需要的，再不喜欢的也会变得喜欢吧。对于自己的这种功利心，小初其实也十分苦闷。

总之，对于将自己和父亲逼出城市的这股城市化的洪流，小初非但没有任何敌视之心，甚至在战战兢兢的同时着了迷。

难道自己就是这么个不安分的少女吗？小初心里明白，自己和父亲始终心系城市，他们不能离开城市中心——大东京的中心。只要能不离开，做下的事情，其实就没有什么是非对错。

“小初老师，到时间了。请示范一下翠鸟入水式吧。”

原来是贝原划着船，船上载着十个浑身是水的孩子，到了跳台下方，正在向她喊着。贝原正在努力模仿东京口音，飞弹地方的口音已经几乎听不出来了。

“先给大家做个示范，然后让他们练习吧。”

俨然成为游泳场助手的贝原体形臃肿，这一点倒也符合他有钱人的身份。

小初这次很快回答道：“马上就来，稍等一下。”但她并没有马上行动。也许是为了缓解一下刚刚堵在胸口的烦闷，小初又一次将目光转向泄洪渠的方向。

沿着波光粼粼的泄洪渠向上游望去，控制着中川和荒川交界处堤坝两端的塔桥型水闸附近，往来穿梭着大大小小的船只，船帆林立。

小初忽然提高了声音，像是在给自己打气：“错不了的！今晚有雷阵雨，接下来的四五天一定会是好天气！”

贝原伸出平摊的手掌试了试风向，也点了点头。

小初脱下肩部和腋下用绳子松松系着、已经快被风吹散的青海流特有的披肩式泳衣，露出里面的黑色泳衣。泳衣下的身体紧致结实。此时的小初就像一个精雕细琢出来的象牙雕塑，浑身上下无不完美——明明是个充满生命力的个体，却拥有只有死者才有的完全静止的美。小初站在跳台尽头，双脚并拢，两手向前平举，挺起胸数着自己的呼吸。落在自己左手指尖的夕阳,就像一个被风吹了一整天的破烂的圆盘,露出粉色的内里。

芦苇荡的一部分已经被风吹倒了。涨潮时带起的泡沫,在退潮后都留在了芦苇荡的根部,漂浮在水面上。

按照青海流的做法,使用翠鸟入水式的人,应该在听到预备的号令后站到跳台的尽头,做好准备姿势、双手向前举起,这是动作一。接下来是双手向后摆、起跳,共三个动作。小初正要开始动作一,好像想到了什么,中途改为动作二,做好了起跳入水的准备。此时的小初姿势优美潇洒,宛如一只立在船帮上正在警惕地注视着水中鱼影的翠鸟。原本雕塑般的身体忽然散发出若有若无的妖艳的气场。虽与周围的自然风景格格不入,但却充满了蓬勃的生机。正在此时,小初喊出“三”,纵身一跃。她的身体好似被某种不可思议的力量控制着,轻盈地在空中回旋,下落时双腿向后屈伸,双臂则向前伸展,身体呈反弓形,弧度优美,入水时几乎没有发出任何声音。

看到小初整个起跳入水的贝原不由得赞叹:“真漂亮!”接着热切地盯着昏暗中的水面。

小初一心重返城市中心,为此放弃了与熏的初恋,并转而寄希望于这个五十岁的男人贝原。她刚刚这一跳,未尝没有要让贝原惊艳并借此牢牢地套住他的想法。小初的朋友里不乏从小学习舞蹈,要成为歌舞剧女演员的姑娘,因此她十分清楚如何将卖弄风情转换成青春娇媚,并把这种妖娆的气质不动声色地融入青海流的跳水姿势中。她全身一下子投入微温的水中,感觉被厚重、自由、柔软而又绵密的液体包裹。此时的小初忘了一切,像海豚一样享受着水的爱抚。曾经有一次,小初用断断续续的语言,向她学生时代的唯一好友、女性文学家丰村描述了自己在水中的感受。丰村向她介绍了这种感受在文学上的表达方式:

感受到的只有弹簧,

如身在羽毛绒之中。

在水中,让人融化的,是自由。

跳起来,抓不破,指甲裂了也要抓住的爱。

那是海豚眯着眼睛,一生也不会来到陆地的原因。

这是一段希腊仿古诗歌的翻译。而父亲则从老庄的思想中找到了"混沌未分的境界"这一说法,同样能够描述这种感受。

当小初感到眼睑处的水压减轻之后,睁开了眼睛。父亲敬藏一心想把小初作为游泳天才培养,因此从小就对她进行了严格的训练。他曾在装满水的桶中放入小石子,待石子沉入桶底,再让小初潜入桶底衔出石子。他也曾背着小初潜入隅田川的深水之中,然后放开她,让她独自游出。总之,这一切训练,就是让她不怕水,并信赖水、亲近水。

水中并不十分黑暗，就像隔着一层厚厚的磨砂玻璃，既不开朗，也非阴郁，是一个摆脱了掩饰的世界；一个要么便是永远的黎明，要么便是永远的黄昏的世界；一个陆地上的一切都已死去，现实融入幻觉中的世界。不论何种色彩或形状，一旦进入水中，一律变化了形态。正如人类的道德，在水中无从发挥，更无从坚守。水中是一个善恶交融的世界。原本心中怀有愧疚的小初，她的要强、悲哀、执着，统统脱离了她的本性，取而代之的是和水中的鱼、虾等一样对自由的朴素追求。

小初从跳台下的深水中向着浅水处的泥底游去。岸上的土堤上滑落的泥土在水中形成了不规则的斜坡，投下了一片朦胧的影子。这一片水底多是水藻和芦根，密密麻麻仿佛一片森林。其中还有几根粗粗的木桩，远远望去好像是远古的石柱。

一个白色的影子抓住其中一根木桩正在划水。那是熏。熏比小初高大得多。他的脸颊瘦削、下巴坚毅，长相十分英俊。小初游上前去，冷不防一把抓住熏的肩颈，略有些发紫的嘴唇贴了上去。熏默默地给她渡气，双脚有规律地踩着水。但熏无法像小初那样长时间在水中闭气，不一会儿便感觉呼吸难以为继，脸上浮现出痛苦的表情，手脚也开始胡乱挥动，像一个就要溺水的人。小初熟练地避开熏的手不让他缠住，像救助溺水之人那样从背后托着他。

父亲敬藏去找房子回来以后,父女两人在雨后的游泳场吃了晚饭。再有半个月游泳场的租期就到了,到时她们必须找到房子搬走,但敬藏却始终无法找到一处租金合适的房子。敬藏想在下町的中心区域找房子,每天在那一带奔波。开始蓄起稀疏胡须的敬藏的脸上,既有奔波于都市红尘带来的兴奋,也有着掩饰不了的疲惫,看起来不似往常——谁知道呢,也许是因为不知道在哪儿喝了一杯洋酒,醉意未消吧。

在城市长大的父女俩都对吃十分讲究,晚饭是从伊势丹等餐馆订购的。

骑着自行车来送餐的餐馆伙计是个小伙子。最初还因为路远嘟嘟囔囔发发牢骚,可是,也许是因为小初的美貌,也许是因为敬藏给的赏钱,最近每次来都是乐呵呵的。这次也不例外。一边说着几个刚听来的笑话,在房间一角的小炉子上升起火,把汤热好,一边摆好碗筷才离开。

“与其吃难吃的饭菜,还不如饿死的好。”

这本是敬藏每次对饭菜不满意时的一贯腔调。不过现在看来,这也许会成为父女俩悲惨的现实也不一定。因此,现在的敬藏也很难满不在乎地说出这话了。父女两人怀着一种“最后的晚餐”的虔诚心态,默默无言地开始享用桌上的美味。

父女两人本来就少言寡语,父亲敬藏更是从不流露丝毫感情。将感情宣之于口是旧东京的老人们最厌恶的,久而久之,他也就丧失了表达感情的愿望。非要表达的时候,只能采取说反话的方式,或是拐弯抹角地提及。

“附近连个捡鱼骨头的都没有,倒是挺好啊。”

这也许是家道败落的父亲对女儿表示的唯一歉意,或是某种安慰的方式。小初虽然也能体察父亲的苦心,但嘴上却毫不服输,这也让两人更加疏远。

今晚也是一样。父亲敬藏又开始借晦涩难解的中国汉文书籍中有关“渊”的例子,来掩饰父亲对女儿的感情。

“渊有九种。静水充盈曰渊,流水回旋曰渊,涌水丰沛曰渊,接纳滴落之水亦为渊。”

敬藏将渊的九种分类总结之后说:“这就是九渊说。水是不断变化的,而能够包容接受这些变化的渊只有一个。如果能像渊一般做到包容,那无论世事如何变化,都能够从容应对。这就是咱们青海流的蛙泳术中,所谓‘只有尸体才能漂浮’的道理。”

“这就是父亲你常说的那个‘混沌未分’的兄弟吗?”

小初一边用牙签剔着牙,一边嘲笑父亲。喜欢嘲笑奚落别人,却不能被别人嘲笑奚落,这是城市人的通病。正因为嘲笑自己的人是自己的女儿,所以做父亲的更加生气。沉默了一会儿,敬藏已丧失了反驳的气力,只好低声说道:“没有什么兄弟,本来就是一样的。"敬藏少有这么一本正经地对女儿说话。说完这些,敬藏好像一下子衰老了,悄悄擦了把汗。一会儿,敬藏拉了一下灯绳,去游泳场了。外面楼梯嘎吱嘎吱地响了一阵。接着传来父亲的声音:"真是个不错的晚上,要不要去钓个鱼呢?"说着,他便带上渔具划船出去了。小初不由得怜悯地看着父亲远去的样子。由于是一个人在家,小初谨慎地锁上门,关了灯,钻进蚊帐,又把一把加了薄荷水的水枪放在枕头旁边。这是防身用的。小初躺下全身放松之后,便闻到了阵阵薄荷的味道。薄荷味道从小初的眼睛、鼻子钻进去。

她静静地哭起来。

由于对城市生活恋恋不舍,父女俩一个在焦躁不安中日渐衰老,一个不得不抛弃初恋,转而接受一个五十多岁的老男人。黑暗中,小初睁着眼睛审视着自己的功利心,可她内心深处却在回味着白天水中和熏肌肤相触的感受。

躺了一会儿,小初又坐起身,她要去看看父亲。于是她打开后面的窗户。

雨停了,天地一片漆黑,扑面而来的是清凉、充沛的水气。退潮后略显突兀的跳台周围水面,能看到一群群鲻鱼的幼鱼游来游去,背脊在星光下闪现。父亲在不远处的芦苇中,点着煤油灯钓鱼。

父亲采取的方法是念珠钓，就是把芦苇荡中的环虫像念珠一样穿成一串做鱼饵。芦苇根部有很多小鳗鱼，一旦咬钩就不舍得放开，把它们拉到靠近水面处，再用手捞起来就行了。环虫在虫子里属于丑陋的衰亡者，鳗鱼也是被时代文化抛弃的鱼。即将衰亡的人用衰亡的虫做饵，钓上衰亡的鱼自得其乐，这就是不远处煤油灯下上演的悲哀。

以前这样钓钓鳗鱼不过是父亲的一种消遣，可现在却是必不可少的副业。

“昨晚钓得有点儿多，没法收拾了。”

父亲面不改色地说着，将鳗鱼卖给水产批发商。小初在同情父亲的同时，也为心中不断计算着父亲今晚收获的自己感到悲哀。

西边的夜空被城市的灯光照亮了，代表着城市繁华喧嚣的灯光不停地舞动变幻着。五颜六色的霓虹灯好似在提醒着人们，这里才是欢乐的海洋。附近城东电车线路上，电杆与电线擦出的火花，好似地底深处发出的光怪陆离的闪光，刹那间便使这夜景在地狱与极乐之地间反复变幻，好似末世的一场审判。然而这一切在小初看来，却巴不得自己与这无关的欢乐都随着闪光化为乌有。

正在此时，小初听到有车开来的声音，好像是一辆出租汽车停在了门前。

一个男人拖沓的脚步声响起。

“是谁?”

一片昏暗中,贝原略有些胆怯地停住了脚步。

“是我。有点儿晚了,不过还是想请你出去一趟。咱们去跳舞吧。”

“你怎么不走后面的楼梯?”小初打开灯,做出门的准备。她从柜子里拿出和服,照了照用细绳挂在粗糙的罗汉松木柱子上的洛可可式半身穿衣镜——这个穿衣镜是唯一从日本桥的旧居中保留下来的家具,做工考究,边缘还有雕花。对着这个镜子化妆,总让小初感到几分凄凉。小初意识到贝原正在等她,这让她隐约想起了熏。当然,这想念只是肉体上的。至少小初必须这么说服自己。

现在必须打起精神来,要像在水中一样,不论遇到的是什么,都要灵活地顺应、接受,并变成自己的助力,这样自己才能像水中的鱼一样变得强大起来。想到这儿,小初横下心来,索性把灯泡拉近自己化好妆的脸,问一直从苇帘子缝隙中窥视的贝原:“怎么样?”

“很好啊。走吧。老先生已经同意了。”

小初关上灯,回头看了一眼芦苇荡中的灯光,便和贝原一起离开了游泳场。

这个夏天,贝原约小初去跳了七八次舞,多少知道了小初对食物的喜好。两人过了清洲桥，在人形町的灯火中吃了冰糯米团子，又去东京最东边的下町的一两个小舞场转了一圈。贝原自然是小初的舞伴。

这一带的舞场中，常有些当地商店的学徒来跳舞。有些人见的多了也混了个脸熟。有时小初请他们跳舞，他们会一边说着“哎呀哎呀，真不好意思啊”，一边像对待店里客人似的搓着手道谢。小初觉得他们的这个模样挺可爱，所以虽然要忍受他们身上的汗臭味，但还是会和他们跳舞。

他们两人有时也会去银座。

去银座的话大多是去风月堂或者摩纳米这样的餐厅。小初吃起肉来十分放得开，食量惊人。对此贝原倒是从不大惊小怪，似乎小初理所当然就是这样的姑娘。

月亮升到日本桥高楼的上空时，贝原领小初到了新川河岸的一个饭馆。

“要叫舞伎来吗？”

小初虽然知道这是家正经饭馆，还是装傻问贝原。贝原不动声色地回答：“我可不会带着年轻姑娘来那种地方吧。”

“不过现在这么晚了还来人家的店里叨扰没关系吗？”

“没什么，这家店和我有资金往来，所以可以随便点儿。”

桌上摆着五六盘清爽的菜肴，小初有些饿了，毫不客气地拿起筷子吃起来。贝原则坐在一旁慢慢地喝着啤酒，有一搭没一搭地和小初说起了她父亲。

“说起你家这位老先生嘛，还真没什么可取之处。要干一番事业，一是不能冒失行事，二得有个准主意，看准了就要抓住时机干下去。这就是干成事儿的诀窍。可老先生呢，又冒失又固执，天生没有踏实的想法。就好比渔网中间有个洞，怎么可能捞到鱼呢。”贝原说起小初的父亲，语气谈不上厌恶，却也毫无兴趣。

“这些我可不清楚。不过，你最近是不是在钱上给我父亲帮过忙？”

“这可没有。我一分钱都没有借给他。因为我知道借了就没指望还了。老先生自己也知道，自从那次让我做了一回担保，后来闹出大麻烦之后，到现在也不会向我张口了。”

贝原怕汗水浸湿了袖口，挽起了袖子，露出因常年从事木匠工作变得粗壮的手臂。他吹着风扇，吃着做下酒菜的豆子。

小初终于吃饱了，停下筷子，环顾了一番东京饭馆才有的布置讲究的房间，不知想到了什么，突然问道：“你平时就在外面吃喝玩乐吧。”

“那都是年轻时候的事了，自从娶了老婆我就全戒了。现在我可是个规矩人。”

“有很多钱有意思吗？”

“不好说，但倘若赚了钱还要想着怎么才能把钱花在有用的地方，就没什么意思了。”

“哦。”

小初吃着餐后水果的哈密瓜，吃完瓜肉，又用小勺舀起瓜皮上的汁水。

两人的眼神忽然对上了。

“今晚你是有话要说吧。”小初说。

仿佛是出于义务，小初终于开口了。话一出口，她的脸也绷了起来。小初本来就长相端庄，在她的气势下，贝原也坐正了身体。过了一会儿，贝原不慌不忙地开口了。

“我年纪比你大了不少，所以我说的话请你认真听。这件事我也和我太太商量过了——我们想要个资质好的孩子。家里已经有一个孩子了，可他不行。我干这一行干得久了看人很准，所以心里很清楚他不行。血统这东西是没办法强求的。只有祖先有优秀的血统，才能在后代身上体现出来。”

“这件事也和我太太商量好了。”贝原像进行商业谈判似的重复了一遍这句话，“小初老师，就算是再出色的知识阶层的女性，如果需要资金，也会选择受人照顾这种方式。我对你并不是想玩玩而已，我是希望能让你的血统融入我们贝原家的谱系中来。”

贝原扁平的脸上，脸颊鼓胀，一副追逐利益的狡猾商人形象。这狡猾的表情立刻又变得暧昧不清，接着转换成纯粹的怯弱。他笨拙地把头转向一边。

小初对贝原的表情毫不在意,而是认真地考虑起他刚才说的话来——如果他要的是自己的妩媚,那就给他。如果他要的是自己的身体,那也可以给他。如果他要的是自己的灵魂——如果真有灵魂这回事的话……

那也给他。

只要能让自己重新回归城市,任何东西自己都能牺牲。但这个男人刚才那一番可笑的话到底要表明什么?

“贝原先生,你别说什么想要个孩子,干脆直说想要我不好吗?”

“啊,是啊。可那么说太失礼了。”

小初看着贝原终于转过来直对着自己的脸,有些伤感地说:“所以想要个孩子什么的不过是个老套的谎言了。现在这世道可不讲究什么失礼或羞耻了。要是在意这些事,城里人早就不如乡下人了。我可是拼了命地要回到城市里的。”小初尖锐的目光扫了一眼贝原,接着说:“所以,我什么交易都可以做。”

小初的眼角落下几滴泪来,贝原惶恐得手足无措了。小初擦干眼泪,语气温和地说:“不过贝原先生,不管什么事,都等越野游泳比赛之后再说吧,好吗?我已经完全清楚你的意思了。”

接下来的两三天天气晴朗。上游的雨好像下得很大，泄洪渠的水面已经变成了土黄色，水也涨上来了。中川泄洪渠塔门型的水闸还是关闭的。不论是游泳场所在的木材堆场的水沟还是芦苇荡那边，水位都增高了。

这几天贝原仍然和往常一样来游泳场帮忙。他忙着采取措施防止自己木材堆场里的木材流出，又加固了跳台，把碇用石头绑紧。虽然装着不在意，但他时刻关注着小初的一举一动。

第四天，熏终于来了。

小初把他带到芦苇荡中的一处小山包上。两人穿着泳衣，随意地趴下晒着日光浴。

"你怎么会想着等着我来找你。到底是你太狡猾还是没出息？"小初责备熏。

小初的话很认真，手却开玩笑似的把沙子撒在熏的背上。

"好了！我这几天够难受的了。"

熏想用胳膊肘掸掉沙子，小初却伸平手掌抚平了他背部的沙子，"你看着可一点儿都不难受啊。前几天在水里被你……，现在嘴还肿着呢。"

熏把有些发黑的嘴角转向小初。

"哎呀，你生气啦？"

"不是。你太厉害了，我能说什么！"

趴在沙地上的小初，夹在火辣的阳光和身下滚烫的沙子之间，不由得沉醉在这无法言喻的美妙苦痛中。小初一边说着："哐、当、哐、当"，一边把下巴枕在身前交叠的手臂上，做出一副昏昏欲睡的样子。

"你在说什么?"

"机械传送带的声音。"

远处就是贝原的制板工厂，和游泳场、两人所在的小山包正好构成一个三角形。可以看到机器并没开动。

"滋、嘎吱嘎吱，这是电锯锯木头的声音。"

"别开玩笑了。我知道你有正经事要说。"熏说。

"你觉得我要说什么?"

"还不是你被贝原买走了。"

"谁？去哪儿?"

"大家都知道了。"

"谁说的?"

"谁也没说！不过我是个男人，我都知道。"

熏抬起手腕擦了擦眼泪。熏的背上，一颗一颗的汗珠就像金子似的闪着光。小初把头靠在熏的身上，握住熏的手。从熏这听起来有些可怜的声音里，小初听到的是可信赖可依靠的声音，不由得高兴地流下泪来。

"你同意了?"

“没什么同意不同意。”

“熏,和我一起走吧。咱们在东京好好地谈场恋爱,不好吗?”

小初的眼泪滴落在熏的手背上,从指缝中渗入炽热的沙子里。熏眯着眼睛神情恍惚地看着手背上有些凉意的泪珠,突然粗声粗气地低声说:“贝原是个好人,就算他知道我和你的事,说不定还愿意照顾你。不过,我讨厌这样。就算我只是个中学刚毕业的毛孩子,也是有自尊心的。”

“那我该怎么办?”

“不知道。反正下个月我就要顶替我家老头子去场末的搪瓷工厂上班了,当个小文书。你呢,你是个要去大东京过好日子的人。”

熏告诉小初,昨晚,贝原已经去熏的家对熏的父亲说了那天和小初跳舞之后在饭馆提起的话——要照顾小初的事。熏的父亲和贝原原本就是朋友。

熏软弱又消极的态度,在炎炎烈日下,让他的脸变得十分苍白。

“其实,还都没有决定呢……”小初说起这事像说起不相干的旁人似的,语尾拖得长长的。小初本来一直在发愁怎么和熏说起贝原和自己提起的事,而且,小初自己也还没有下决心答应贝原。正因为下不了决心,所以才苦恼。可现在熏这么一说，小初的心反而静下来了，好似虚脱似的，对一切都无所谓了。父亲和她说过的九渊，朋友告诉她的希腊诗歌——水中的混沌世界……

“随便吧，怎样都行啊。”小初想象着一切都随波逐流之后的清爽。她的泪痕渐干，耳边传来远处芦苇叶子摩擦发出的沙沙声，睡意逐渐袭来。熏站了起来。从泳衣腰部的褶子里落下一些沙子，划出了美丽的弧线，体格健美的少年迈步离开了。小初愣愣地仰头看了一会儿，忽然被一阵突如其来的悲哀打倒了，就像是自己身体的一部分离开了自己，去了一个永远不会回来的世界。

小初慌忙站起身，追上熏，双手缠住他的胳膊。

“熏，越野游泳比赛你可一定要来啊。一定要好好游！就当作是你和我的分手。”

“嗯。”

“一定！说好了！”

“嗯嗯。”

说完，熏沮丧地迈着迟缓的脚步走远了。小初伤心不已。她又重新坐下，看着熏的背影越来越远，直到消失在寂静的芦苇荡中。

小初睡不着。气压突然变低，闷热得人喘不过气，翻来覆去地总是睡不着。除此之外，折磨着小初的还有悲伤。这些都让她难以入眠。旁边的父亲带着酒气，还打着鼾，鼾声好像堵在了喉咙里，总是不肯痛快地出来，让人听起来捏把汗。本来父亲中年时哮喘病已经痊愈了，可最近又有复发的苗头。最近的天气变化，尤其是今晚这样的天气，他会特别难受，也许参加不了明天的越野游泳比赛了。不过这对于小初来说无所谓，她现在考虑的是比赛后如何面对贝原，如何将贝原的事告诉父亲。虽然和熏分手的伤痛还折磨着小初，但她越想越觉得得考虑到父亲的感受。虽然，她也担心自己一个人是否能够承受这些。父亲一直将女儿看作童女，要满足这种自家的偶像崇拜，这种旧式家长的本能。父亲对于贝原的要求会做出什么反应？父亲一直认为自己的女儿是个游泳天才，这也是父亲自己一生的理想和追求。因此在小初母亲过世后，父亲一直没有再娶。现在，一直被父亲认为是个乡下人而看不起的贝原，让自己的女儿去做外室，而且自己的女儿已经和熏有了肉体关系，这一切要是让父亲知道了，那他最后的骄傲、希望都会化为泡影。

“不能随便告诉父亲。”小初心想。可转念一想，城市人都伪善又懦弱，想法也变得快。这种事情小初在下町时也看得多了。也许贝原就是看准了这一点，才认为小初父亲不足为虑吧。当然，父亲也未必就是那样的人，不过也许自己暗暗希望父亲是那样的人吧——因为除此之外，两人已经别无出路了。

蚊子在蚊帐外叫个不停，老鼠在顶棚上跑来跑去。小初拿着扇子敲了几下地板。听到声音，睡得迷迷糊糊的父亲“啊”了一声，翻了个身。

可悲的父亲，可悲的女儿。

小初把父亲蹬掉的被子重新给他盖好。

黑暗中一直睁着眼睛的小初，不知不觉开始用双手抚摸自己的身体。她在想自己的身体其实是很专一的。小时候，小初不爱吃甜食，只吃盐煎饼。身体也是一样，一旦习惯了就无法接受其他。虽然小初不认为自己有那么爱熏，可与熏的身体分开，却让她如此悲伤。比起一无是处的熏，一路打拼过来的贝原更可依赖，但自己的身体却偏偏那么抵触。这也是小初今晚才终于想明白的。

自己的身体真可憎。一方面焦急地渴望回归城市，过上好日子，一方面却对能实现这一切的人万分抵触。小初厌恶起让自己陷入无穷烦恼的、任性又矛盾的身体。“这样的身体、这样的自己，干脆消失吧……”小初像个任性的孩子似的，使劲拧着身上的某个地方，眼中流下了不知是痛苦还是羞耻，抑或是憎恨的泪水。她使劲拧着，拧着……不知不觉睡着了。

第二天一早，小初早早醒来，外面的天空是浑浊的黄色，气压比昨晚还低，还闷，只盖了一条薄被还有些冷。

“难道秋天提早来了。”

小初看着窗外自言自语。

有雾。雾气从水面生起，越来越厚重。远处的芦苇荡被露水压得东倒西歪。

今天是青海流越野游泳比赛的日子。

小初心情不好，也很疲惫。早饭后父亲头晕，下不了水，所以决定由小初做先导。

十点左右，稀稀拉拉下起雨来。

小初一脸漠然地招呼着逐渐赶来的学员们，看到贝原表情平和地忙着准备警戒的船只，她心里就来气，于是故意快活地对学生们喊着：“大家放心，很快天就会晴的！”

小初挥着红色小旗在前面领路，因为下雨来的学员没有平时多，但却比平时热闹。

途中熏也来会合了。

参加比赛的一行人沿着葛西川岸边步行了一段，进入泄洪渠，在警戒船的保护下向大海前进。

小初第一个下水。在她身后，男女生分成两列紧跟。每列前头都有一个游得好的人拿着一面小旗引领大家。

水虽然没有那么浑浊了，但还是漂浮着不少树叶、木材碎片带起的泡沫。由于选了个大潮的日子，所以潮水带着比赛的队伍向大海漂去。

从雾气中能看到的河岸是唯一的依靠。小初身后紧跟着拿着小旗的贝原。熏则时不时地出现在小初的两侧，默默地游着。今天能够完整游完全程、一次都不上船休息的学员可以升一级。因此学员们都争先恐后地向前游着。

前方水面上一群白色的鸟拍打着翅膀飞起来。看到身后队列中有的学员正在用拨手势泳姿，贝原大喊道：“不要用拨手势，很快会累的！”

游过河口西边的芦苇荡，雾气中看到的是市污水处理厂。

游到这儿，潮水已经退去，个儿高的孩子已经能踩到河底了。

小初转身说：“从这儿开始咱们采取拨手势。”

于是大家从扇形的河口游向了更广阔的水域。小初越游越快，逐渐脱离了众人。她越游越兴奋，觉得自己在一个无限的空间中不停地游动着。起初，小初看到出现在自己身侧的熏，还忍不住心跳悸动，这种感觉与身后不停呼唤她的贝原的声音交织在一起，都让她越来越厌恶。类似反感的兴奋让小初身心俱疲，也让她觉得看到熏的身体已成为一种负担，贝原的喊声更让人厌烦。小初拼命地游着，身后的学员已经不放在她心上了。就这样游着游着，倒激发出小初那不可思议的天性来。

抛开那些斤斤计较的功利心！回归赤子之心！前方如果是命运，那就直面命运的极限；前方如果有问题，那就去逼近一切的起因，与之放手一搏！这比赛不能带有目的、不能有算计，堵上自己的一切，只有把赌注扔出去，才能找到重新发家的可能。现在，必须不惜一切！现在，必须抛下自己所有的一切！

混沌未分……

混沌未分……

小初一心想进入的那个世界，是一个没有边界、浊浪翻滚的混沌未分的世界。

“我要游到游不动为止……都别跟来！”

虽然这话小初没说出口，但两个男人还是跟在身后。熏默默地游着，贝原则边游边喊。

“傻瓜！你要去哪儿！你疯了吗……小初……小初老师……傻瓜……”

在风雨交加的大海中，小初的身后已经看不到任何人的身影。小初流着泪，面向着浊浪翻滚的大海，义无反顾地游去。

疾 跑

在中央的房间里，道子刚缝好弟弟准二的正月礼服，正要开始缝制哥哥陆郎的那一件。这时，陆郎从厢房那边走过来，路过走廊时他的余光扫了一眼，问道子，“你缝的是父亲的礼服吗？”

“这是哥哥你的。今后除了去公司以外，去其他场合哥哥也都要穿和服呢。”

道子连头都没有抬，手里一直不停地回答道。

“就是说要拥护国策路线吧。”

“所以啊，每天不是改和服就是要做新和服，这阵子忙得够呛。”

“哈哈哈哈，道子你看起来很忙呀。不过我先跟你说好了，去银座那一带闲逛的时候，我可不穿什么和服哦。”

说完这句话，哥哥就离开了走廊。道子抬起头来，盯着哥哥的背影，长长地吁了一口气，然后将手里正在缝制的衣服放在榻榻米上。她伸了一个大大的懒腰，一直坐着缝衣服让她感觉两腿发胀、肩膀僵硬。道子站起来穿过走廊，来到玄关穿上木屐，走向了室外冬日下午的晴朗景象中。

太阳已经西斜，西边的天空被染成了淡淡的粉色，眼前稀稀疏疏的住宅如同皮影戏一样，看起来黑魆魆的。道子追着光一路前行，横穿过住宅区，来到了开阔的多摩河边的草原上。站在像是正在发光的杂草丛中，道子不禁开始用力地挥手。眼看着冬日暖阳渐渐落下，西边粉色的天空中衬映出绿色的山峰——是秩父（琦玉县西南部城市）群山！道子悠然地欣赏着这样的日落美景，她感觉，自打今年春天从女子学校毕业以来，自己就没有这么悠闲过。每天忙忙碌碌，被各种事情逼得喘不过气来，日渐萎缩的生活让道子心生不满。长出一口气之后，道子向河堤方向走去。这时寒风渐起，她自然而然地撺掇着往前走。当道子站在河堤上时，刚刚还灿烂夺目的西边的天空已经开始发白，河上升起雾霭，与夕阳落下的雾气一道扑面而来。而这时东边的天空上挂着近乎满月的月亮，那青色的光芒越来越盛，使得宽度只有三尺的河堤小道看上去浑似一片坦途。

道子突然感到背部发冷。她瑟瑟发抖，顺着河堤小道走了起来。途中，她几次回头，发现远处住宅区的窗户已经亮了起来,路上也几乎看不到人影了。而远处的大街,也似乎变身为灯火连成的一条线,一直连到了河下方的桥上。

“没有人看这里!太好了!让手脚痛痛快快地活动活动吧。”道子心里自言自语道。她高高弯起膝盖,原地踏步,两手前后大幅度地摆动。然后脱掉木屐,试着跑了几步。上女校的时候,道子曾经是长跑选手。这时,她的全身涌起了一股当时赛跑的那种心劲儿。道子掖起和服下摆,然后开始奋力在河堤路上奔跑。她的头发散开了,不时地拂过肩头。道子向前猛冲,那劲头儿真让人害怕她会不会一不小心从河堤路上掉下去。毕竟是用力的疾跑,所以当她冲回到脱下木屐的地方时,已是气喘吁吁、全身冒汗,伴随着心脏的跳动,全身的肌肉也抽搐不已。道子真实地感受到自己现在正精神百倍地活着。在女校时她并没有这么强烈的感受——日复一日,每天的生活都令人倍感拘束,这样平凡无奇的奔跑,居然也能让人感觉到如此少有的活力。道子心想,“那么,要不要每天都来跑呢?”

道子绑好头发急匆匆地回家了。

她心中每日来河堤奔跑的计划没有告诉家里的任何一个人。因为被父母知道的话必然会受到阻挠,而关系亲密的兄弟们则肯定会嘲笑她。不过更重要的是,道子只想自己一人偷偷地体会在月光下疾跑的心情。

翌日，道子穿好贴身的衬衫和裤子——外面穿上和服把它们全部遮住。她用旧报纸包好脏袜子，打算出门。

“这么忙，你去哪儿啊？而且这不是该吃晚饭的点儿了吗？”母亲的嗓音很尖利。

道子的外出计划夭折，只能作罢。

和兄弟们吃完饭后，道子仍然无法忘记昨晚疾跑时的快感，所以一个劲地在思索，有没有什么可以外出的借口。

“我去一下澡堂。”

道子的话，很自然地被家里人当成了耳旁风。于是她急忙拿着肥皂、毛巾和钱出了门。踢开和服下摆，道子一溜烟儿地冲到了河堤路上。一路上的寒风刮得她耳朵刺痛。在河堤路上，道子迅速地脱掉和服，用毛巾绑住了头发，就像一名威风凛凛的女运动员。顾不上穿短布袜，她在原地踏步热身之后，立即俯身准备开跑。

脚尖抓地、俯身，双手触到了冰冷的水泥地面。预备、开始！道子像弹簧一样弹了出去。与昨日无异的月亮的清辉照射着河堤路，远远传来的淙淙流水声，来自泛着银色光芒的多摩川。

腿部渐渐传来的疲倦感，让道子放慢了脚步。这时，也许是月光的缘故，道子心中产生了莫名的悲伤。现在，自己的确是精力充沛地活着，但总有种活在另一个世界的感觉。似乎自己活在一个与人类隔绝、虽寂寥但又严肃的世界里一样。

道子穿好和服，小跑到大街上的澡堂。

直到进了浴池，冲洗掉了身上的汗，道子才感觉又回到了原来的世界。这种独特的体验令道子兴奋不已。回到家，道子一走进客厅，母亲就用一副怀疑的神情看着她，问道："洗了澡以后，你去别的地方啦？"

道子回答说："肩膀有些僵硬，为了松快一下，我今天好好地泡了个澡。"

听到这里，旁边正看报纸的哥哥陆郎笑着说："你说话就像个老奶奶一样。"

道子沉默着去了中央的房间。

那一晚之后，道子每天尽量迅速地结束疾跑，然后奔到澡堂粗略冲一下身上就回家。但是对女儿过长的洗澡时间，母亲仍然很在意。有一晚，道子照旧要去澡堂。她刚一出门，母亲就拜托陆郎，"陆郎，你跟着道子去看看她，如果可以的话，等着她出来一直盯到她回家。"陆郎觉得跟踪自己的妹妹这件事情太过丢脸，很不好意思，为了掩饰自己的羞涩，他一边嘴上说着，"这么冷的晚上，让我去啊？"一边不顾母亲的催促，悠然地穿上斗篷，戴上帽子走了出去。

一直不见陆郎回来，母亲焦急万分。这时道子却回来了。

"你又洗了个长长的澡啊。洗那么干净的话，隔一天去一次不就好了。”

“但是我每次洗完澡，脚就感觉泡舒缓了，晚上就睡得好啊。”道子煞是认真地回答道。母亲又说：“明天是星期天，你父亲在家呢，所以你和我白天去澡堂吧。”父母还真是够烦人的，道子一边心里这么想着，一边问道：“为什么那么在意我洗澡的时间呢。明明睡觉前洗澡比较舒服啊。算了，明天白天我和你一起去吧。”

道子心想，一天的话就干脆忍了。刚好第二天下了雨，道子看着一直不停落下的雨水——这个情况，也许就是所谓的天助我也吧。至少雨水安慰了我悲伤的心情。这样一想，她又觉得有些可笑，于是一个人小声地窃笑了起来。

午后，道子打着伞，装作一副若无其事的样子和母亲去了澡堂。

“别在澡堂里泡那么长时间！”

母亲斥责道子。

为了让母亲相信自己长时间洗澡是个事实，她在澡堂里一直泡到两颊通红，无法继续忍耐才出来。

由于长时间泡澡，道子头部充血，身体摇摇晃晃。不过，用冷水冰镇了额头后，她平静了许多。

“也该出去了吧。”母亲来到道子身边小声地催促。于是道子擦干身体穿上了衣服。但回到家后，她又感觉到一阵可笑，于是钻到里面的房间里一个人偷偷笑了起来。

“道子最近很奇怪呀。每天都想去澡堂，一旦去了就差不多要花一个半小时。太奇怪了，所以，今天白天我带她去了澡堂。”

母亲和在客厅写日记的道子的父亲商量。

“然后呢？”父亲满脸疑惑，抬头问道。

“我们在澡堂也泡得挺久的，不过也只用了四十分钟而已。”

“那是不是顺路去澡堂以外的地方了？”

“所以，昨晚我让陆郎跟在道子后面偷偷看了。然后陆郎说道子去澡堂了，不过陆郎这家伙也靠不住。说是跟着道子看了看，就顺便去朋友家了，一直玩到快十二点才回来。”

“嗯。”父亲陷入深深的思考中。

门铃响了一声就停了。由于下雨门铃声有些闷闷的，没有平时那么清脆。然后传来了书信掉入邮筒的声音。母亲立刻站起来，去拿了信回来。

“只有给道子的一封信，是她朋友寄来的。这阵子，道子的样子太不寻常了，我很好奇她的信里都写些什么。要不然我们打开看看吧。”

“是呀，只要不被发现就好。”

父亲也很赞成。母亲把长火棍上烧过的铁瓶蒸气覆在信的封口上。

“信全湿了，不过好像是开了。”母亲轻轻抽出折成了四折的信纸，然后小心翼翼地打开。

“念出来。”父亲的表情紧张了起来。

你充满勇气的来信，让我仿佛又回到了学生时代。夜晚沐浴在熠熠清辉下，你穿着裤子，在多摩川河堤上疾跑的身影，每每想起，就会让我雀跃不已。很想去看看这样充满活力的你呀。再看看最近的我，和你完全相反。唉，一直感冒，根本没有那种可以奔跑的活力……

“唉，那是真的吗?”父亲失去了一贯的从容，声音里带着一丝愤怒。

“哎呀，这孩子，究竟干的是什么蠢事啊。把她叫过来好好说一顿吧。”

母亲手里拿着信，目光威严地站了起来。

“等等。在这么冷的冬夜，之所以会找个无人的地方跑步，女儿也是因为太无聊了吧。就连我，最近忙于公司年底的汇总，每天疲惫不堪的时候，偶尔也想干出点儿什么奇特的事情呢。况且，我也和女儿的朋友一样，想看看自己的女儿在月光下奔跑的样子呢。感觉好像是我的分身在河堤上奔跑一样。”

“哎呀,怎么连你也产生了这种奇怪的好奇心了。不过话说回来,万一出什么事可怎么办呀?”

“我也担心这一点。不行的话,就让道子带着弟弟准二一起去。”

“那样的话,准二太可怜了吧。”

“总之,明天晚上如果有月亮的话,我先去看看道子的情形。”

“你还真是的。那我也要一起去。”

“啊,你也要去?”

一时间,他们很认真地面对面争执起来,不过,突然感觉这样很可笑,于是都哈哈哈地笑出声来。然后,两人开始期待明晚月夜的到来。

道子没有看到朋友来的信,也根本不知道父母间的这番对话。她只是发现,平时晚饭前不会回到家的父亲今天却早早回来,和大家一起坐在饭桌前。如果自己说今晚想去洗澡的话,母亲很可能会说一起去的,道子束手无策。今天上午雨停了,一会儿月亮就要出来了吧。这样美好的夜晚,休息了一天的身体多么想出去活动活动呀。看着天色越来越晚,道子焦躁不已,忍不住对母亲说道:“让我去洗个澡吧,我头疼。”

母亲似乎毫无察觉地说:“好啊。你去吧,好好洗个澡。”

道子没有意识到自己脸上绽放开了笑容。

居然有这样的好事,她感觉就像做梦一样。道子急匆匆收拾了一下就出了门。一出门她就一溜烟儿往河堤方向跑去。

“今天晚上,我要跑上两天的量,往返四次……”

跑到河堤上,道子脱下了和服。清幽的月光下,她白色的打底衬衫闪着银光,腰部以下是黑色的裤子,看起来就像浮于空中的一尊空想出的胸部雕像。她先活动了一下手腕,原地踏步热了热身。然后连开始的准备动作都没做,就如同一枚炮弹,一下子往河流上方奔跑而去。不久,道子从远处折了回来,回到出发的地方。然后,她在狭窄的河堤上又一次调转了方向,再次向河流上方疾跑过去……

追着她出来的父亲,站在草原当中,远远地眺望着河堤上奔跑的白色身影。

“就是那个,就是那个。”

父亲一边手指着,一边回过头去,催促着落在后面的妻子。妻子气喘吁吁地说:“你看看你,跑得就像个年轻人似的,叫我怎么追得上啊。”

听了妻子的话,丈夫很是得意。

“你也是够慢的了。”

妻子喘了口气说道:“我已经拼命在跑了。从家跑到这儿,一口气都没有歇呢。”

“看来我们都还很年轻呢。”

“哈哈哈哈。”

月光下,夫妻二人穿过寒风急速奔跑,这似乎是近些天来未曾有过的喜悦感受。他们甚至忘记了女儿的事情,两人都放声大笑起来。

金鱼缭乱

复一从水里捞起一两条幼鱼，用放大镜仔细观察着。

幼鱼终于开始变色了，可是看来今年还是不会成功。

今年已经不太可能孵化出满意的金鱼了。

复一一边嘟囔着，一边把装鱼的盘子和放大镜扔到廊檐下，面无表情地仰面躺下。

谷地里的这片新绿今年格外繁盛。树梢上除了一抹新绿，还有些紫色的嫩叶。微风吹过，树影反射在崖上的红土上，倒像是一面金色屏风，闪闪发亮。崖上五六丈高的斜坡上，开满了石岩杜鹃。山崖下有一片为保持水土而种植的竹林，竹林下湿漉漉的草丛中，晚开的樱草、早开的金莲花争相绽放，一直延伸到小溪流的岸边。小小的溪流是从谷地涌出的自然之水，对于像复一这样的金鱼养殖人来说，是赖以谋生的地方。溪流的水被引出，形成了七八个金鱼池。池子上覆盖着芦苇做的帘子，有些帘子正打开着。山崖对面、路边的石墙下还有一条大水沟，那是从市里流出来的污水沟，哗哗的流水声终日不绝。

六年前的暮春，谷地里的花儿正要凋谢的时节，复一离开了水产实验所，回到养父母处，继承了家里的金鱼屋。整个青年时代，复一都生活在这个谷地。但直到他重新回来才真正认识到，在东京竟然还有像山手地区这样的世外桃源。因此，复一也十分高兴自己能成为这个谷地中金鱼屋的主人。可是六年后的今天，同样柔美的景色和水声，却只会让复一已经凝固的心灵变得更加干涸。他抬起头，无神地注视着山崖上方。

崖上有一座宏伟的府邸。府邸花园里的草坪延伸到山崖尽头，从谷地里也能看到草坪的边缘。府邸里有一座罗马式的半圆祠堂。在六月的阳光下，一根根圆柱间留下玫瑰色的阴影，从下往上看去，圆柱与圆柱之间透出蔚蓝色的天空，白云从那一根根的立柱间慢悠悠地飘过。

今天，半圆祠堂的正中间，坐着崖上府邸的真佐子夫人。阳光正照在她的胸口，膝盖上散乱地堆着织到一半的毛线，旁边还依偎一个正在发呆的女孩儿。这样幸福的画面与复一现在的心情完全不同。真佐子近视得厉害，应该看不到复一。但复一习惯了每天都这样看看真佐子。羡慕也好，嫉妒也好，依恋也好，总之，复一对他看到的画面总是寄托着某种感情。

但只要心中努力保持住平静，复一就还是那个心如止水、不为外物所动的男人。

这个女人已经和自己毫无关系了，可是自己却还是不能忘怀。

复一忽地坐起来，点了一根烟。

那时，作为崖上府邸大小姐的真佐子，还是个相貌平平的少女。寡言少语，总是低着头，习惯性地用牙齿咬着下嘴唇。由于母亲早亡，由父亲一个人抚养长大，真佐子看起来是个寂寞的孩子。那时的真佐子并不是一个善思索的孩子，也不够机灵。有时她会提着小水桶来买金鱼。回去时遇到小狗追她，她总是慌乱地躲避，一直跑到小狗远远追不到的地方，才会停下稍定一定神，可眼中总是充满了恐惧。每次看到她那天真的大眼睛、与众不同的动作，复一的养父宗十郎都会轻笑着说："这孩子真像兰寿金鱼。"

出于某种阶级意识，复一一家对于崖上的府邸多少有些反感。上学和放学路上，复一总是伙同附近的孩子们一起欺负真佐子，养父母对此也不制止或责备。偶尔府邸的女佣来金鱼屋告状，养父母会当场让复一道歉，然而女佣走了之后，他们便好像没这回事似的，别说责备了，连提都不会再提起。于是复一愈发变本加厉起来。他会在路上拦住真佐子，找碴儿指责她不守贞洁。比如："你今天做操的时候，让男老师把手伸到胳肢窝那儿帮你提衬裙了吧。你竟然让男老师——真不要脸!”或者:“你今天跑去给那流鼻血的男生两张纸是吧。真不害臊!”最后必定还要再来一句:“你完了！肯定嫁不出去了!”

每次复一这么一说,真佐子就会陷入无法自拔的绝望中,脸色苍白地看着复一。然而她泛着青色的、眼尾稍稍向下的大眼睛里,除了困惑,既看不出敌意,也看不出任何想要反抗的意思。真佐子的这种眼神,好像在诉说着自己如何用整个心灵承受这些无情的嘲讽所带来的痛苦。

终于,真佐子的脸颊抽动,几颗珍珠似的泪珠滚落下来。她用衣袖捂着脸,忽地转过身去。她本就比其他同龄孩子高大些,现在那宽厚的肩膀无声地颤动着。此时的复一,原本由于性意识萌生而堵在胸口的不如意一扫而光,取而代之的是让人兴奋的甜美快感。复一虽然已经满意了,但还是会模仿大人的语气继续大声斥责道:“要有个姑娘样儿。别那么轻浮!”

不过,真佐子真的很喜欢金鱼。虽然被复一这样欺负,但还是会提着水桶来复一家买金鱼。真佐子来时,如果复一的养父母在家,复一是不会欺负她的,只是若无其事地吹着口哨、眼睛看向两旁。

一个春天的傍晚,真佐子少见地空着手来复一家附近散步。复一早早就看到她，又像往常一样开始欺负真佐子。也和往常一样，当甜美而略带酸涩的快感充满复一胸口时，他一边说着“要有个姑娘样儿”，一边对着真佐子吐口水。没想到这次真佐子一下子转过身来，与复一面对面，直直地看着他。少女哭泣的脸庞上带着得意的笑容，好像绽开的无花果果实的尖端。

“怎么才能有个姑娘样儿呢？”

复一吃了一惊，没想到真佐子会这么说。一愣神的工夫，真佐子从袖子里伸出手，把一直握在手里的樱花花瓣撒了复一一脸。“是这样吗？”真佐子退后几步，问复一。然后咯咯笑着跑开了。

看到扑面而来的花瓣，复一急忙闭眼合口，可还是有几片飞进了他的嘴里。复一咳咳地想吐出来，可有一片花瓣紧紧地贴着他的上颌最后面靠近喉咙的地方，不管是用舌尖舔还是用手指抠都弄不下来。复一慌了，以为自己会就这么死掉，哇哇地哭着跑回自家水井边。用井水使劲儿漱口，才终于把花瓣吐了出来。可是有一片花瓣，却粘在了复一心里某个难以抵达的地方，有些苦涩，却再也没能拿掉。

从那天起，复一再见到真佐子，会摆出一副更加盛气凌人的样子来，但内心却充满了自卑，也不敢和真佐子说话。倒是真佐子，会像个大人似的，客客气气地向复一行礼。不过，真佐子不再自己去买金鱼了,而是打发女佣去。

真佐子与复一各自上了不同的中学,有了各自的朋友和不同的兴趣爱好,几乎不再碰面。偶尔在电影院遇到,复一发现真佐子越长越美了,美得让复一无法抑制内心的冲动——轮廓分明的脸庞上,一双眼角略有些向下的大眼睛,眼珠漆黑。两边的嘴角微微上翘,丰满的嘴唇充满了诱惑。胸部早已发育完全,肩膀圆润,手脚修长,完全一派大家闺秀的风范。她向复一轻轻点头示意。复一反倒有意避开真佐子的目光,将脸转向一旁,耳朵却始终不放过真佐子那边传来的任何声音。真佐子的同伴好像在询问复一是谁,真佐子回答:“是我们崖下金鱼屋的儿子,学习不错。”那句“学习不错”语气平淡,没有任何感情色彩,只是单纯地说明罢了。这让复一满脸通红。

世界大战(译者注:这里指第一次世界大战)结束后,经济界的恐慌席卷而来。据说崖上的真佐子家,在经济方面也受到了沉重的打击,不过,复一看不出来。

崖上的府邸不仅新建了一栋洋房,还重修了庭院,来复一家买金鱼的次数也更多了。听来买鱼饲料的女佣说:“我们老爷说了,现在人工便宜,正是大兴土木的好时候。”那座半圆祠堂式的休憩亭就是当时兴建的。

“享受不了赚钱的乐趣了,至少要享受生活的乐趣吧。”

说这话的是真佐子的父亲——鼎造。他五十多岁，体形瘦小，肤色黝黑，穿着市乐织的和服便装，袖袋里总是装着胃肠药，来复一家，会稀罕地盯着金鱼池看个不停。真佐子的母亲当年是个美人，鼎造与她感情很好。自从妻子去世后，他并未再娶，只是有个外室，家里并无正妻。他是个凡事都愿意亲力亲为的人。

复一家廊檐下有一排竖着晾晒的金鱼桶，鼎造就坐在旁边和复一的养父宗十郎闲聊。

作为宗十郎家业的这个金鱼屋是个老铺子，一直在崖下的谷地里。崖上的府邸，则是真佐子出生的前一年，鼎造平整了崖上原来的一片泡桐林子后修建的。建好不过十五六年。

虽然是新来的住户，可鼎造对这附近的大事小事，还有金鱼这个行当十分清楚。鼎造的祖父曾住在东京山手一带的谷地，十分喜爱金鱼，因此鼎造一直记得自己小时候家里养的金鱼。再加上又把房子建在这金鱼屋的崖上，小时候的记忆自然就复苏了。自从爱妻去世后，鼎造活得更是超脱，对于金鱼这种明明有生命，却美得好似永恒艺术品的生物，产生了异乎寻常的兴趣。

有一次鼎造和宗十郎说起：“江户时代，养金鱼是那些贫穷的旗本武士还算体面的副业。当时在山手一带，麻布和赤坂之间的低洼地，只要有水的地方，东一片西一片的都是金鱼池。你们家也是其中之一吧?"

"应该是吧。毕竟传到我这儿已经是第三四代了。"

抬头看着被烟煤熏成黑褐色的顶棚,宗十郎也只能这么含糊应对。当年复一的父母留下还在襁褓中的复一撒手人寰,族里便指定宗十郎夫妇继承金鱼屋,收养复一。两人原本是荻江节(译者注:三味线音乐的一种)的不知名的乐师,突然让他们摆弄活物,饲养金鱼,觉得十分陌生,也无从下手。宗十郎看着房间角落里正在准备考试的复一,说:"复一才是这间金鱼屋的主人,自然应该去养金鱼,不过现在的年轻人都有自己的想法,谁知道呢。"

"养金鱼就很好,一定让复一干这个。普通的金鱼不行,要养就养改良品种。只要能培育出新品种,价格不成问题。听说最近外国人都很喜欢日本的金鱼,咱们的金鱼养殖业会有很大的发展。"

听了鼎造的话,复一有些意外地转过头,心想:真不愧是企业家,什么都知道得这么清楚。鼎造接着说:"以后啊,凡事都讲科学。我这么说你们别介意,要是复一上高中有困难,学费我多少可以补助一些。"

到底是有钱人,这么若无其事地提出资助复一上学。这次轮到宗十郎吃惊地看着鼎造。也许是意识到宗十郎的诧异,鼎造接着说道:"说实话吧,我家只有一条雌鱼,所以看到别人家的雄鱼，忍不住羡慕，就想要帮一把。”

就算是开玩笑，把人比作鱼，还说什么雌雄，这也太过分了。复一不由得心头火起，但是一想到这样一来也不失为接近真佐子的一个好办法，便压抑住心中的不满，伸起舌头舔了舔上颚——仿佛那里还留着真佐子掷来的花瓣所带来的苦涩回忆。

端茶出来的宗十郎妻子对鼎造说：“您家就一位小姐，多少有些孤单吧。”鼎造嘴上却不承认：“这有什么，只要给她找个能干的雄鱼当女婿就行了。自己的家业，总不会糟蹋了。”

结果，复一果然上了学习金鱼养殖的专科学校，学费也由鼎造资助。对这一切，真佐子好似并不知情。不过，复一注意到，在真佐子周围已经有了三个年轻人，就是鼎造所谓的“能干的雄鱼”吧。他们都接受鼎造的资助，穿着金色纽扣的制服，整日出入崖上的府邸。这几个人成了复一的眼中钉。他仔细观察，发现真佐子对这三个人的态度是一视同仁的。鼎造也是穷苦人出身，并不因为自己是资助人就盛气凌人，而是将三人当作可以谈话的对象。那三个分别姓友田、针谷、横地的青年均无卑躬屈膝之态，对于资助人家中大小姐的真佐子，像朋友似的相处。一起打网球时，会“真佐子、真佐子”地叫着，互相用球拍打闹也是常事。不管是真佐子还是三个青年，好像都没有意识到这是一场一条雌鱼对三条雄鱼的游戏。

看着崖上府邸里的青年男女们愉快地开展他们的社交活动,复一了解自己的出身、脾气,除了觉得万分遗憾不能成为其中之一外,他的心态也由原来的平静逐渐走向了另一个极端。钻进牛角尖的复一一会儿觉得没人会愿意和自己这样没个性的家伙交往,一会儿又觉得自己才不会去干那种巴结讨好的事情。要么彻底征服,要么彻底被征服。但是近来,复一越来越感受到真佐子那超越一切的、出类拔萃的女性魅力。在这样的真佐子面前,脾气执拗、凡事总要拧着来的自己,只会更加不知所措吧。此时的复一已经开始像个早熟的青年那样思考人生了。脑中时不时地会浮现出这样那样的奇怪想法。终于,复一下决心要用自己最擅长的执拗与真佐子对抗到底:自己一步也不踏入崖上的府邸,倒要看看真佐子到底会如何选择。复一也知道,自己十分无趣又不够大方,去参与崖上的争夺,最后只会惨败。真佐子是天之骄女,如果和她交往,最后要么低声下气,要么就是盛气凌人地虚张声势。就算再怎么忍耐,自己的脾气性格就是这样,最后免不了陷入嫉妒的深渊。总之复一知道,按常规的方式,自己一开始就不是真佐子的对手。唯一的办法,就是凭借自己的执拗,也许才能吸引她。

复一此时已经陷入了童年时近乎变态般地欺负真佐子的回忆中不能自拔了。

复一从东京的中学毕业后，要去关西一家专门研究家畜鱼类养殖的水产试验所当研修生。这是九月的一个傍晚，复一一周后就要出发。真佐子拿着手电筒，从崖上下来，把父亲鼎造给的旅费带给复一，还有自己送给复一的饯别礼金。宗十郎夫妇道谢后，真佐子对复一说："要不要和我去银座喝杯茶，算是告别。"

看着一边整理和服腰带一边若无其事问话的真佐子，复一心中要以执拗对抗到底的决心一下子土崩瓦解了。不过，复一还是尽了最大的努力反抗。"银座那地方太吵了，要是夏木町我就去。"

从三四年前开始，复一对真佐子说话的语气措辞不知不觉就变成了身份有别的异性朋友间的郑重语气。

"你可真找了个奇怪的地方散步呢。不过有什么关系，就去夏木町吧。"

在繁华的赤坂山王和紧凑热闹的六本木葵町之间，有一条小街，斜斜地连起两条大街。这条街上的店铺门脸都不大，商品却十分丰富，摆满店头，到了晚上别有一番热闹的景致。店铺的灯光，恰到好处地照亮了街道。路面上洒了水，映射出的灯光忽而跳跃，忽而流转，倒颇有一番初秋的味道。街边的水果店在水沟上搭了一块大木板，上面胡乱堆着圆形炮弹一样的西瓜，橱窗里则摆放着刚上市的梨和葡萄。一个胖胖的小姑娘坐在旁边的马扎上看连环画，使这条街看上去既不过分吵闹，也算不上清冷。

为了躲开揽座儿的出租车，真佐子和复一并肩走在马路正中间。上一次像这样和真佐子并肩而行，对复一来说已经是六七年前的事了。起初，对于已经完全成熟、洋溢着女性魅力的真佐子，复一十分敏感，刻意抵触。他给自己套上一层盔甲，害怕自己无法抵抗这种女性魅力，从而丧失人格的独立感。可不知不觉间，复一内心的抵触逐渐消融，盔甲也消失不见——复一已经完全笼罩在真佐子的气场内，并且乐此不疲。店铺的灯光也好，擦肩而过的行人也好，在此时的复一眼中，都有如透过雾气看到的景象一般，无比朦胧、娇媚。虽然复一十分享受这种感觉，但内心深处还保留着一份对于尊严的焦虑感。这让他总是保持在真佐子身后两三步的距离，因为复一打算尽量客观地观察真佐子和自己。复一能清楚地看到真佐子和服后领边镶嵌的麻质花边，露出的脖颈雪白而又丰满、圆润，好似刚捣好的年糕。

“这个女人的肉体真是无可挑剔啊。”

复一从心底发出了一声幽幽的叹息。他的个头比真佐子高不少，这样肆无忌惮地观察真佐子，让他觉得自己十分卑劣。同时涌起的还有一股对自己难以企及之物的向往和对自己的悲哀。为了掩饰，复一把头扭向一边，凝视着旁边胡同尽头山王的树林。

“复一君一定要学养金鱼吗?”

真佐子以为复一就走在她旁边,很自然地扭头问。落后一步的复一赶忙走上前去说:“我也想干点儿更机灵的事情,可情况也不允许。”

“怎么竟说泄气的话。我觉得复一君是很愿意养金鱼的。”

真佐子用她最认真时候的表情看着复一说。

“也许这么说有点儿狂妄,不过我觉得人类能够创造的最美的生物就是金鱼了。”

听了这话,复一感到不可思议。至今为止复一认为真佐子除了是一个大家闺秀,从不认为她还有什么精神层面的思考,可没想到现在却听到她这些和人生价值有关的想法。也不知道这是她这会儿散步时临时想出来的,还是一直以来思考的结果。

“你说的也没错,但不过就是金鱼罢了。”复一说。

真佐子的表情虽然茫然,但她漆黑的眼睛告诉复一,她是很认真地这么想的。于是真佐子说:“就因为你是金鱼屋的儿子,所以才不知道金鱼的真正价值吧。有不少人为了金鱼献出了生命呢。”

接着,真佐子说了她从父亲鼎造那儿听来的事情。

当然，作为金鱼屋继承人的复一对这些事知道得更清楚，可听真佐子说出来，反而让复一更深地认识了金鱼的价值。

真佐子说的事情是这样的：

1894年，日本突然兴起了一股金鱼观赏热。趁着这股热潮，业界设立了金鱼商会，并尝试出口美国。有些眼光长远的金鱼商为了扩大观赏鱼的需求，致力于通过不同品种金鱼的交配来培养新品种。都下砂村有一个有名的金鱼商秋山，他打算将兰寿和琉金杂交，希望培养出一种继承了兰寿雄赳赳气昂昂的头部肉瘤和琉金美丽体形以及飘逸尾部的完美的新品种。经过八年的不懈努力，秋山的尝试终于成功，他给这种几乎称得上是奇迹的金鱼新品种命名为“秋锦”。另外，还有不少业余的金鱼养殖爱好者热衷于将自己培育的金鱼拿到金鱼品评会上比赛，并制作金鱼的排名榜。

这中间自然少不了那些从事养殖设备买卖、联络、中介的金鱼中间商，也有不少人为了金鱼——仅仅为了饲养培育金鱼而倾家荡产、家破人亡。有些金鱼爱好者希望能培育出将所有金鱼的优点集于一身的完美的新品种，因此不惜投入巨资购买设备，比如G先生：

要有和金的潇洒脸形和背部隆起的胸腹，还要保持琉金的丰满感。鱼鳍要像仙女的衣裳般包裹着鱼身并随之摆动，颜色要像刚涂抹过颜料一样色彩斑斓，特别是身上要有婀娜多姿般散开的黑色斑点……

这种超现实美丽又魅惑的金鱼并非G先生头脑中的幻影。通过不断的交配，离现实越来越近。可是，G先生的头脑已经开始混乱。他的资金已经耗尽，而自己变得也像个白痴。

“辉夜姬！”衣衫褴褛的G先生一边叫着他给这种完美金鱼起的名字，一边仓皇而去了。只留下了培育到一半的畸形金鱼和这个故事，在爱好者之间流传。

“要是G先生不发疯，而是坚持科学地培育并最终获得理想的金鱼新品种，那他简直就是一个充满勇气的英雄人物。”真佐子说。

一直到俩人走到灵南坂的美式面包房，真佐子都在不厌其烦地告诉复一，培育金鱼和绘画、雕刻、建筑这些艺术不同，金鱼是有生命的，能够在水中创造出一个美丽的生物是多么了不起的艺术，而这正是复一今后将要走的道路。真佐子说这些话就好像是在给复一打气加油。

面包房楼上的枝形吊灯下，有一两只蛾子在灯光下飞来飞去，发出让人烦恼的嗡嗡声。真佐子和复一坐在灯下的圆桌旁，静静地喝着茶。复一问真佐子：“总是在说我，那你有什么打算？你对自己的事是怎么想的？你也从学校毕业了，又这么漂亮……”

复一说得吞吞吐吐，真佐子白皙的脸上也浮现出羞涩的神情。她抚着两只袖子说:“我,我可能算是漂亮的,不过也只是个普通的女人,再有两三年自然要结婚,然后生孩子吧。”

“结婚可不是轻率决定的事。”

“那我也不能去全世界调查了再决定,再说完全如意的婚姻哪儿有呢。人是不能随心所欲的。人是不自由的。”

这听起来像是绝望的自语,但真佐子的话语中既没有甘于人生平凡的遗憾,也没有因绝望而生的对未来的冷漠。

“你对人生这么消极,又有什么资格来和我说不要犹豫不定,让我拿出勇气这种话呢!”

不知何故复一心中冒出一股怒气。真佐子不由得又咬住下唇,难得露出孩子时的习惯动作。

“我虽然消极,但一看到你就想劝劝你。这不能怪我,应该是你心中本来就藏着不满,让我感受到了,我才不得不说的。”

有一会儿工夫,俩人谁也不说话。面对着真佐子,复一感到她的人生就是让她的美不断地燃烧耗尽的过程。怜惜之情涌上心头,就像当年想要拼命吐出花瓣的焦灼,复一有一种拥抱真佐子的冲动。

然而,复一深深地吐出一口气,说:

“夜晚真安静啊!”

除此之外,他还能怎么样呢?

复一作为研修生进入了位于关西一个大湖边的水产试验所学习。那里距离县厅所在地的O市很近,饭后散步便可顺道前往。试验所前有一个制作圆木桶和小木箱的手工作坊,他们家有一间小房间,复一就租住在那儿。白天去试验所,晚饭后去市里喝杯啤酒,看看电影,开始了简单的技术学校学生的生活。所里算上比复一高年级的研修生共有十人,大家关系都很好。研究方向多为淡水鱼养殖或渔获后的生产保存问题等,在这个行业中也属于较专业的研究领域,因此这些研修生大多是水产相关的政府部门或公司、协会等派来的委托生,毕业后就会去对应的单位工作。他们的人生也好,生活也好,都会沿着技术人员这条路走下去。也许因为人生的大方向已定,因此他们一个个看起来都轻松愉快,而且热情、直爽、精力旺盛。他们大多来自地方,与他们相比复一格外突出,显得聪敏、帅气又灵活机变。由于复一的研究对象是金鱼,同学们对他这个来自大城市的人又有好感,觉得复一就是艺术家,是诗人,是天才。复一自己倒是一向看不起自己,知道自己的不足,因此对于这些头衔,一直拒不接受。

指导复一的主任教授,常常派复一去做与外部交涉的工作。复一去过几次湖畔的人家,也认识了几个和他年龄相仿的姑娘。一直憧憬着城市生活的姑娘们,对这个时髦的年轻人颇有好感,时不时向他抛抛媚眼。而且,复一在市里的酒家女那里也同样受欢迎。但是,离开东京的复一万万没想到,自己心中最牵挂的竟然还是真佐子。

真佐子毫无个性——她就像一只美丽的蝴蝶,飞来飞去毫无方向,却充满了要命的魅力。但这只是生理上的魅力,打个比方,就好像机器人说话,实际上是内部的发音设备在说话,让人毛骨悚然。

对复一来说,真佐子不是一个有完整灵魂的女性,她是一个一生下来就丢掉了"情"的女人。复一一直这么想着,所以离开东京时他反而感到痛快、轻松,就好像与一个人形模特告别。

再见了!你这个毫无人类情感的、美丽的魔女!

但这想法只维持了一两个月。

入学后的忙碌与新鲜劲儿过去之后,湖畔的学生生活变得像空气一样无色无味。在每天早晚起卧之间,一种深深的寂寞、怜惜、痛苦紧紧地抓住了他。他时而觉得真佐子就像世间最后一朵雌花,永世不得与雄花相遇,独自走向灭亡;时而又觉得真佐子就像一个被巨大力量操纵的傀儡,毫无知觉地任人摆布。总之,每次想到真佐子,他便在心中产生了怜惜之情,觉得自己作为一个男人,不能对她置之不理。但只要一想到没有任何办法能够让心中的真佐子变成一个现实中真正的人，复一就对人生充满了绝望。这种虚无感让他深深地吐出一口气。不过，对这神秘的爱恋之情，复一逐渐感到心中的骄傲感。

不知是否受此影响，复一对金鱼的看法也完全变了。只知道张嘴吃食，轻飘飘地游来游去，随时都可以更换生命的重点，完全不了解生命的真正意义，如此不具备现实性的生物，复一却从它们身上真真切切地看到了“生命”之所在。真是怪了，自己在金鱼屋长大，从小就一天到晚地看着金鱼，觉得金鱼是最不值一提的。在臭虫肚子上戳个洞牵根绳，放在满是水绵的水里拉来拉去，那些脆弱的、跟着到处游的红色小不点儿就是金鱼了。在七八个小鱼池里，都是些扔掉不要的金鱼。可是每年，它们都会拼命繁殖，池面上就像铺满了红叶似的，都是金鱼。靠着这些剩下的金鱼，没什么生活能力的复一和养父母一家三口活了下来。在那时的复一看来，这些不值钱的金鱼和碎木片没什么两样。

复一的养父虽已到中年，却不是个成功的金鱼养殖者。养得最值钱的也就是五六年的绯鲋（红鲫鱼）。来到试验所后，复一大致了解了那些样品金鱼的品种。兰寿、荷兰狮子头就不用说了，其他还有出目金（龙睛）、顶天眼、秋锦、朱文锦、五花琉金、东锦，甚至还有十八世纪，华盛顿渔业协会发现的变异品种并杂交培育成功的美国金鱼“彗星”。“彗星”其实更像是斗鱼,因为它实在太活泼了。这些种类丰富的样品金鱼都由复一负责,每天上午,复一都去给它们喂食。吃过食的金鱼似乎心情不错,会在水中留下一条长长的粪便,透过日光看去,就像一道奇异的线条彩虹。

随着研究的深入,复一逐渐习惯了研究室和住处两点一线的生活,很少去其他的地方。这样一来,反而惹得那个湖畔人家的姑娘主动来找他。

有一个姑娘名叫秀江——湖对岸出崎城下的村里有白色墙壁仓房、总是晾晒着渔网的就是她家。

秀江既有关西女性的柔韧坚强,也擅长玩些小花招来招惹男人。秀江家如果从湖里捞上什么少见的鱼,会联系试验所。试验所负责来取的人就是复一。可最近复一不来了,只是派个学生来取。秀江从来也不认为复一会是个老老实实听话的恋人,只是不知道他是开始耍男人的小性子了,还是另有其他原因,因此百般试探。秀江曾说服在村里青年渔业讲习会当干事的哥哥邀请复一来讲习会做讲师,这样一来,复一就得在村里待上两三天。她也曾唆使哥哥的孩子给复一送去明信片,从复一的回复来打探他的心意。她知道如果自己写信或者打电话给复一,复一几乎不可能给她回复。秀江在哥嫂家中帮忙家务,一切都安排得井井有条。她和复一的风言风语在湖边已经传开了,只是还没有传到试验所。

"离开东京,这已经是第二个秋天了。"

复一看着暮色中镜面一样风平浪静的湖面,解开了摩托艇的缆绳。对面的平沙地上有座 M 山,山形与富士山颇有几分相似。夕阳已收尽了余晖,远远望去像是一个隔扇的铜质把手,颇有几分重量感地悬在空中。

复一发动引擎,摩托艇后拖出鹡鸰尾似的两道长长的水波。引擎的轰鸣声打破了傍晚湖面的寂静。

摩托艇驶进对面海水浴场的平沙地,湖面在此向三个方向伸展开去。左手边是一片口袋形的更广阔的湖面,淡红色的暮霭下湖面显得更加辽阔。右手边芦苇荡上有一片台地,上面有些渔家。台地把湖面又分成两半,湖水从其中一边流入 S 河。S 河上有铁路桥,也有供行人马匹通行的木桥,远处望去两座桥重合在一起,只能看到像是玩具似的火车冒着烟通过铁路桥。

复一把摩托艇靠近平沙地的岸边。虽然已是傍晚,但岸边的水面少见地风势强劲,湖面倒像海面似的波浪起伏,时不时地还会跃出一条鲥鱼。向入河口另一边的湖面驶去,便能从松林中看到出崎城的天主阁,当然也能看到秀江他们村。复一还是把摩托艇停靠在老地方——入河口的台地下、芦苇荡的旁边。

复一想独自一人享受这傍晚的孤寂。他随意地仰面躺在船上。不知何时，落日的余晖已经完全消失，天空呈现一片光滑的铜铁色，红云很薄，时卷时舒，几乎铺满整片天空。天色越来越暗，云层却在天空的映衬下呈现出银白色。复一忽地抬起头，看到月亮已经悬在O市的上空。月光下，O市的灯光也不那么耀眼了。O市背后，之字形的山岭屏风一样向南延伸。

对岸的水波声逐渐平息，于是复一听到了熟悉的从湖底涌起的水声。这里的湖水，水底好像有漩涡，从深水处会有清水涌出，在水面顶出小小的漩涡，又一圈一圈地溢出去——这里算是个有名的地方了，据说专门有人从京都来这湖里打水，因为水质好，适合泡茶。也有来投湖殉情的男女——据说因为水底的漩涡，怎么也沉不下去，没死成。由于这一带多泥沙，所以柳树也多。复一为了采集供金鱼产卵的柳树细根才发现了这个地方。

“我的生命感要靠金鱼，爱情给了真佐子，肉体呢，则习惯了秀江。我的存在分得够清楚的。”

听着水下的涌水声，复一越发孤独。

复一就这么半睡半醒、蒙蒙眬眬地仰面躺着。梦中忽而出现真佐子只有朦胧双眼的白皙脸庞，忽而是摆动的金鱼鳍和鱼身上娇艳的斑点；忽而又是秀江的肉体，就像使人垂涎欲滴的美食，生动、鲜明。这些影像执拗地在他脑海中反复出现，其间也不时穿插些意义不明的物体以及一些莫名其妙的想法，还有偶尔冒出的一些可怕想法，让他打一激灵……所有的这一切，在复一脑海中忙忙碌碌地上演着，让他疲惫却也觉得十分舒服。

复一的身体不知不觉中滑向了左侧，那里，从微微倾斜的船舷上勉力望去，苍茫的暮色早已笼罩了整个湖面。暮色中的平沙地岸边，又泛起了一层层白色波浪，复一已经丧失了距离感，耳中听到的哗哗的波浪声，把他更深地推进梦境忽明忽暗的世界里。也不知道是复一那朦胧的意识成了夜色，还是夜色成了复一的意识，一切都越来越模糊，在眩晕中沉淀、停滞，从而渐渐产生出孕育着对自由渴望的力量，这又让复一心中充满了欣喜。复一那捉摸不定的心，开始了半梦半醒的思考——希腊神话里半人半神的生命，不是想象，而是真的存在。现在还存在着。他们要么就是已经厌倦了现实，要么就是用尽全力去像普通人那样敢爱敢恨。由于精神过于敏感细腻，他们最终还是会被现实抛弃。他们的生命力太过旺盛，又不会死亡。要成为天神，他们又太过幼稚，对生活的执念未断。他们，正从容自如地生活在人世间。真佐子也好，金鱼也好，他们生命的故乡都在那个世界，他们只是出现在人世间而已。否则，有着那样非现实也非理想的美丽外表，又怎么能在这个世界活下去呢。如此看来，真佐子也好，金鱼也罢，那茫然的眼神,在那永远一副刚睡醒毫无防备的表情下,隐藏的难道不是对现实的蔑视、对人类的批判与嘲讽吗?……

复一又开始无法抑制地思念真佐子了……

月到中天,波浪声渐强,湖面上雾气渐起。一艘船从雾气深处驶来,不仔细看,倒像是悬空而来似的。因为能听到摇橹声,所以复一知道不是梦境。小船越驶越近,才看到摇橹的是个姑娘,正在用一只手拢起鬓边的乱发。月光照在她扬起的脸上——是秀江。复一仿佛看到了不该看的东西,赶忙闭上眼睛。

姑娘的船头靠上了复一的船舷。

“哎呀,睡了。”

“……”

“睡着了?”

姑娘屏住呼吸,静静地看了一会儿复一的脸,说:

“我家的船回来时,有人看到你开着船一个人来看月亮,所以我就跟着来了。”

“正好我也想见你呢。”复一说。

可能是没想到复一会这么说,秀江还以为他在说反话。

“你在说梦话吗?你说这种想要赶走我的反话,我也不会走的。但你要是想装着说梦话糊弄我,我可不依。反正啊,我只是个渔家女,和东京的大小姐没法比……”

“笨蛋！给我闭嘴！”

复一一动也没动，还是仰面躺着。他的声音在水面上传了出去，听起来十分严厉，吓得秀江一哆嗦。

“我讨厌你这种总喜欢冷嘲热讽的女人。你要是来说这些的，就赶紧回去吧。”

复一虽然闭着眼睛，但也能感到秀江因为耻辱与嫉妒而微微发颤的身体，感到她强忍住的泪水。可意外的是，复一很快就听到了在船头用手掬水的声音。原来这次秀江很快就收拾好了心情。复一睁开眼睛，故意用余光瞥了一眼秀江，又赶紧闭上。

秀江正借着月光对着小镜子整理妆容呢。

一股热流一下子穿过了复一的胸口，但一想到真佐子，那让人沉醉的朦胧像红色雾霭一样，又一次包围了复一。

秀江好像改变了主意，扶着船舷，一改以往带刺儿的语气，温柔地说：“我能到船上来吗？”

“嗯……”

复一心理忽然涌起这样一种想法——谁都有不如意和伤心事，谁都有得不到的东西，谁也不能得到所有自己想要的，每个人都是寂寞的。

这么想着，复一不由得对自己、对所有人都产生了怜悯之情。

“名月渡湖七小町”。

这是松尾芭蕉的诗句吧。复一也无法确定。他一边想着，一遍伸手揽住秀江的肩膀。秀江就像软体动物似的，依偎在复一身边，好像只要复一需要，她可以摆出任何姿态来。

复一总是不露痕迹地向真佐子传递着自己想让她知道的事情。比如，在印着湖水景色的明信片上，写着“我会在这美丽的湖水中洗衬衣”。印着著名岛屿的明信片上，写着“因为钱不够，从旅馆借了钱才付了登岛的船资”……

大概复一寄去三四封信，真佐子会回上一封。即使这样，真佐子的信也写得虚无缥缈。

信里净写些“最近我的朋友、诗人藤村小姐来看我，我们开始研究巴洛克时代的服饰”；或是“我和藤村小姐一起去日光，看到了日本巴洛克时代的天才雕刻家左甚五郎的‘沉睡的猫’，真是太可爱了”，诸如此类的话。

从真佐子的来信中，分明可以看到她越来越远离现实生活的征兆。

复一不知道什么巴洛克时代，所以特意去试验所的图书室查了百科辞典。那是欧洲文艺复兴时期的人文主义逐渐从自然性中分离，人类艺术开出绚烂之花的世纪。复一忽然想到，在金鱼培育的历史上，日本最早进口金鱼并开始赏玩的元和年间就是十七世纪。

这么说来金鱼也是巴洛克时代的产物，真佐子和金鱼倒是有着不解之缘呢。

复一越发感到真佐子是一个脱离了这个时代的女性。他在同情与不屑之间，忽而感到一阵焦灼。他要突破她的优越感，把她拉回现实，把自己和真佐子用情欲结合在一起。这种欲望，在复一心中无法遏制，越来越强烈。

“不论从生理的角度还是从生活层面来看，异性的肉体都是值得称赞的。现在，就有这么一位女性，正在将她可贵的肉体奉献给我。”

虽然写这样的信复一自己也觉得厌恶，可他也没有其他办法。复一在信上将自己和秀江十分短暂，并且已经几乎结束的交往夸大其词地描述给真佐子。这让他感到十分兴奋，觉得自己开始了和真佐子真正的较量。不管真佐子对于自己和其他女人的事在信中做何回应，总会多少露出些蛛丝马迹吧。当然，复一也明白，这种事如果让真佐子的父亲鼎造知道了，可能会断绝给自己的资助。不过，对现在的复一来说，试探真佐子的内心远比研究金鱼重要。

复一写道：“她没有你漂亮……”，想继续写“但比你有人情味”，却写不下去，只有苦笑。

复一在信中不断描述自己和秀江的关系，想进一步刺激真佐子，可从真佐子的来信中，复一却无法找到任何他所期望的回应。真佐子的回信中只会写自己和父亲一样越来越对金鱼感兴趣。父亲是出于生意的考虑,自己却是不可思议地爱上了金鱼,接下来全写的是和金鱼有关的事。那意思就是只要不影响到复一对金鱼的研究学习,他和任何女性交往,自己都不关心。就在复一意识到真佐子是在巧妙地摆脱自己的感情,而他的耐性也即将耗尽时,他收到了真佐子的一封来信。

信中说:“你一直都将自己的感情生活和我说,可我却没告诉你,十分抱歉。我马上就要生宝宝了,然后很快也会结婚。虽然顺序好像颠倒了,不过这本来也不是什么热恋的结果。”

复一目瞪口呆。原来,她一出生就是一个自己无法企及的女人。

信中还写道:“和我结婚的并非你知道的三人中的任何一个。不过他性格坦率、和蔼可亲。这对我来说就足够了。”

复一终于意识到自己的那些小伎俩对真佐子完全不起作用。这个时代竟然还有这样不开窍的女人,可转念一想,也许这样的真佐子才最有时代感。

“另外,我觉得你和那个姑娘结婚也不错。我自己要结婚了,所以不由得就想劝说别人也结婚。不过,对金鱼的研究可一定不能松懈呀,一定要培育出了不起的、能让人一看就忘记一切、沉醉其中的完美的金鱼!不知为什么,比起自己即将出生的孩子，我对复一能够培育出的金鱼新品种更加充满期待呢。我也劝说父亲在金鱼方面投入更多的精力。”

不久，复一也收到了鼎造的信。信上说了自从经济恐慌以来的资金筹措经过，并说打算今后重新布局，将全部资金和精力投入到金鱼培育和销售上，争取百分之百的出口。因此今后复一便不能再单凭兴趣研究金鱼了，要取得商会的技师资格，要把金鱼培育当作今后的事业。当然，给复一的补助今后就是工资了，金额也会增加。

看完鼎造的来信，复一感到的不是今后生活有着落了，而是觉得这父女俩都在欺负他。

自己一定不能让他们这么顺心。

于是，复一即没给鼎造回信，也没有理会真佐子。他一度完全抛开了金鱼的研究，只是在京都一带到处游逛。一个月后，当复一又回到试验所时，他已经下了决心，要赌上自己的一生，培育出世界上从来没有过的最美丽的金鱼。只有这样，自己才能成为一个有着不为人知的悲壮幸福感的男人，一个被神秘命运所操纵的无名英雄。虽然如此一来会感觉自己被崖上的父女两人利用了。不过如果真的能培育出理想的金鱼，自己念念不忘的爱情兴许也会高兴起来。这喜悦能拉近自己和真佐子……。不可思议又让人悲哀的是，超越现实的美丽女人会被超越现实的美丽金鱼吸引。复一从试验室的窗户望着湖面上像蜜糖一样浓得化不开的春色，想起了小时候真佐子扔进他嘴里贴在上颚的花瓣。他不由得伸出舌头去舔那早已不存在的花瓣记忆，一边一遍遍地叫着真佐子的名字。复一自己都觉得奇怪，那一瞬间，自己竟然落下了多愁善感的眼泪。

复一的神经衰弱越来越严重了。事实上，不论谁看到复一深夜一个人待在研究室制作显微镜标本的样子，都会觉得毛骨悚然。已经陷入寂静和黑暗的研究室中，只有复一的桌子上亮着灯。他不停地切割金鱼，有的纵向切开，有的横切成片，还有的金鱼内脏被切碎后胡乱抛在一边。复一还不断地用放大镜观察，用小镊子翻弄。在深夜的研究室里他聚精会神的样子分外诡异，就像是猛兽忽然找到了大量意料之外的食物，先顾不上吃，而是好好摆弄一番似的。切下来的金鱼头仍旧睁着眼睛，在灯光下反射出红宝石一样的光芒，嘴也时不时地一张一合。

从小在大城市长大、已经培养出能够轻松应对各种外界刺激能力的青年复一，将自己的所有才能集中在金鱼的遗传和生殖这个即使在专业领域中也十分冷门、枯燥且需要无穷耐心的研究中。他对此投入了全部精力，付出了超人的努力。眼窝和脸颊都凹陷下去的复一，在倾尽全力之后，会筋疲力尽地走到窗边，把手放在并排放置的其中一个玻璃缸的罩子上。

冰冷的指尖出于兴奋有些不听使唤地颤动。当罩子终于被取下,原本睁着眼睛正在小石头上睡觉的名品金鱼——彗星,受到灯光的刺激,睁着眼睛醒来。两只彗星离开小石头,悠悠哉哉地游着。忽而贴近,忽而分开,比鱼身还要长出三四倍、遍布黑色星斑的尾巴,像丝绸般柔软飘逸,在水中铺陈开去,有那么一会儿遮住了全身。不过,很快,随着尾巴的摇摆,丰满的法国美人似的身躯以及稳重有神的眼睛和嘴巴又露了出来。

两三年前,O 市有一个水产共进会,这条当时获得金奖的名品金鱼被赠送给试验所以来,一直得到精心的饲养。现在金鱼已经六七岁了,相当于人到中年,逐渐沉稳,身姿也越来越优雅。

入神地看了一会儿金鱼,复一重新罩上罩子,回身走向自己的桌旁,身体还不停地摆动,好似在模仿刚才彗星的样子。有人看到后问过他,他笑着说这叫"金鱼运动",常做这种运动有益健康。但其实,复一这么做的时候,有一种神秘的力量让他从精神到身体都得到了恢复。当然,这一点他绝不会告诉任何人。

不管怎么说,大半夜的,人做出模仿金鱼游动的姿势,总会让人感到毛骨悚然。值班的杂役就说:"我一进去就和他说,你快停下吧,让人怪害怕的"。

复一去考察作为著名金鱼产地的奈良和大阪府辖下的各地。

奈良县有一个郡山，自古就盛产金鱼。由于当地是个小藩，饲养金鱼又是个有利可图的生意，因此一直以来都是当地贫穷武士的特权，并能够从政府得到保护和奖励。

这是一个被一片开满油菜花的平原所包围的清秀小城。复一在此滞留期间，获得了不少对研究颇有用处的实际经验。不过更打动他的是，从历史记录中他了解到，郡山从宽永年间就开始培养金鱼新品种，之后屡屡培育出优秀的金鱼品种。当时的人们寄托在金鱼身上的对美的追求，现在想来，已经接近大正时代培育完全的那些有名的金鱼了。不过复一认为，过去的人们在金鱼身上寄托的美丽的“缭乱”感，现代的金鱼越是不完美，才越能体现这一点。时代在变，人也在变，但只有金鱼，这种不能食用的观赏鱼，凭借自己那原本微弱的美丽，摆脱了所有的改变，只向着自我完善的目标前进。这样看来，不是人们按照自己的想法培育出了金鱼，而是金鱼充分利用了人们被美丽事物所吸引的本能，一步步地向着自己的目标前进。意识到金鱼的强大，反而激起了复一的征服欲——他今后会对金鱼更加执着。

那年夏天，复一考察归来，回到自己湖畔小屋半个月后的一天，他得知发生了关东大地震。起初，复一没想到这次地震有多严重，后来才逐渐了解到灾情的惨重。通过媒体的报道，他知道山手一带没有遭到太严重的破坏，但东京受灾严重。复一发电报询问自己是否需要回东京一趟，十天之后接到了“不必”的回电，因此也就放下心来。

鼎造不断给复一发来各种有关金鱼的工作指示。

复一以为在天灾之后，人们是无暇顾及金鱼这种闲来无事赏玩之物的，因此对鼎造不断的指示感到担心。对此鼎造回答：“自幕府时代以来，每逢自然灾害之后，金鱼必定大卖。对于住在凄惨的临时住所里的人们来说，金鱼是唯一能够慰藉心灵的东西。东京的所有同行们也都决心坚持到底，一定要把金鱼的销量翻番。”

复一一度怀疑这不过是生意人的夸大其词，但后来他明白并非如此。已经提价两成的金鱼，很快售价又提高了两成。即便如此，仍供不应求。

下町的金鱼池在地震中彻底被毁，山手的金鱼商们帮了他们一把。再加上从关西调货，金鱼本身倒并不短缺，可装金鱼的桶几乎都被烧掉了。因此只能将现有的金鱼桶分给生意伙伴，同时从其他地方调货。

复一一直忙着金鱼和金鱼桶的采购、运输，于是不得不继续待在关西。

鼎造终于召回了复一。

时隔四年,复一回到了东京。他的论文终于还是没有完成。与他同期、研究内容也比他简单的研修生们,半年前的秋天论文通过后便获得了试验所的"研修生修了证书",之后奔赴各自的工作单位去了。复一如果向鼎造要求推迟一段时间返回东京,来完成论文也不是不行。不过对于现在的复一来说,是否完成论文、是否能拿到修了证书已经无关紧要了。他迫不及待地想回到自己的金鱼池边,凭借自己的力量培育出像真佐子一样美丽缭乱的金鱼。这才是他现在心中期盼的成功,也是他今后人生唯一的希望。他第一次明白,自己决心要培育出前所未有的美丽金鱼是为了实现真佐子的愿望。可是,随着时间的流逝和研究的深入,他的心态变了。作为在现实中无法得到真佐子的补偿,创造出一种能让人联想到真佐子的金鱼。这种想法已经逐渐取代了他最初的决心。真佐子那超越现实的美,除了丰满艳丽的金鱼,再无他物可以比拟。到了今天,复一的研究已经成了他投入全部生命的事业。

深夜,复一筋疲力尽地躺在床上,仍然无法闭上炯炯有神的眼睛。

他想到教授生气地对他说:"混蛋!你要是能把论文完成,那对全世界的金鱼学者来说都会是重要的参考资料呀!你怎么能在这个时候离开?"他告别了对他充满遗憾的教授,以中途退学的形式回到了东京。对于论文草稿,复一也不是没想过把它烧掉或是扔进湖里，不过他觉得这么做倒像是演戏，太夸张了。又不能真的当它是废纸，最终复一还是把草稿塞进包里带了回来。

地震第二年的春天，东京下町一带还没恢复过来，不过山手却没什么变化。只是水涌出的地方变了，因此复一用几根包着棕绳的引水管，把水引了过来。

既是回家，也是上任，所以回来后复一去崖上的府邸正式拜访了一次。

鼎造对复一从关西采购金鱼表示感谢后，说道：“我打算抓住这次机会开始鲤鱼和鳗鱼的养殖，只是一直没有个放心的人。既然都是淡水养殖，想来和金鱼也没有太大差别，还是由你负责。这可和金鱼不一样，能食用，如果成功的话，销路不用愁。”

复一当然立刻拒绝了。他说：“我做不到。这好比是让作诗的人种田。另外，我有言在先，请您允许我专心培育金鱼。我一定会培育出最高级的金鱼，为此豁出性命我也在所不惜。”

复一又说道：“我不要结婚，也无意留下子孙后代。培育出前所未有的美丽金鱼，这才是我一生的理想。如果辜负了您的期待和资助，我非常抱歉。”

也许是被复一的气势所说服，鼎造明白他的心意再难改变。不过，鼎造到底是生意人，立即开始思索怎样利用复一对金鱼的这种执着对自己更有利。“也好，就依你吧。我不会催你，你就按自己的想法来，直到自己满意为止。”

对自己的豪爽大气，鼎造似乎十分满意，因此心情大好，想和复一一起吃晚饭，不过他还有个推不掉的应酬，因此和复一说好，让真佐子和女婿招待复一。鼎造吩咐好女佣之后就出去了。

接下来的几分钟，复一觉得有些喘不过气。还好，客厅的门终于开了半扇，真佐子有些腼腆地从半开的门里探出身，和复一打招呼，“好久不见”，却不进门来。

仿佛终于看到了渴盼了许久的东西，复一长舒了一口气。他也想对真佐子露出笑容，但一股孤寂忽地涌上心头，阻止他这么做。他预感到如果他笑了，那就表明自己立即臣服于真佐子的魅力，一直以来的苦苦坚持就会化为乌有。他鼓起勇气，要利用真佐子难得示弱的机会，努力体现自己的冷淡与满不在乎。他努力用一种年长男性才有的威严语气说道：“进来吧。怎么不进来？”

真佐子像个孩子似的，先是缩回头去，然后再重新打开门走了进来。她的胸部和以前一样丰满，脖颈笔直，仍旧恍惚的脸上带着甜美的笑容，眼角略微下垂的眼睛朦朦胧胧。只有眉毛画得浓了些，不过这也是现在的流行。复一仿佛被真佐子的气势压倒了，低下头，不得不又把自己缩进孤独的盔甲中。

“好久不见，你瘦了不少。”虽然这么说，但她其实也没怎么仔细观察过复一。

“嗯。很辛苦。”

“是吗。不过，辛苦也是一种药呢。”

接下来两人说了一会儿地震的事、复一所在的试验所的事。

“怎么样？培育出好的金鱼了吗？”

现在的复一很难回答这个问题。于是他鼓起勇气反问道：“你丈夫，怎么样？”

“就那样。”

真佐子看向窗外的树丛，说：“他现在不在家。他喜欢打篮球，去 YMCA 了。晚饭前才会回来。”

从她提到丈夫好像在说孩子一样的口吻，判断她是否爱自己的丈夫，这对复一来说太痛苦了。本来打算再问问真佐子孩子的情况，现在也问不下去了。

“就算我介绍给你，你也不会感兴趣的。就是这么个人。”

这倒是真的。如果是个不能把真佐子带回现实中的丈夫，那复一反倒放心了。

真佐子又说:“谢谢你时常送来的东西。”

“这是湖边出产的陶器。”说完,复一放下纸包站起身。

“谢谢你了。复一君回来了,我也就放心了。”

复一十分沮丧,为什么自己会让真佐子影响了自己的一生。她其实只是个如此平凡的女性。

走在薄暮下的山道上,天色越来越暗,夜莺开始啼叫,路边的棣棠花花瓣纷纷散落。复一又想起了小时候真佐子扔向他的樱花瓣,不由得用舌尖去舔上颚。自己仍旧爱着真佐子,只是这爱现在既不能向她表白,也无法藏在心里。唯一的办法就是寄托在金鱼身上,就是培育出一条像真佐子那么美的金鱼,就是通过金鱼创造出一个属于自己的真佐子。看着远处崖下的谷地,复一再次振作起来。

复一在院子里盖起了一座小小的混凝土建造的研究室,还有新式的金鱼培育池。于是复一愈发不与任何人来往,只一门心思搞他的金鱼培育。复一也和崖上府邸打了招呼,让他们在自己的研究成功之前不要来打扰。

“表面被掩埋,从而深入生命的最深处。”复一不是没有这种感受。用自己的双手创造出自己的爱人……创造出的这个爱人将会是这世上从未有过的美丽之星……这件事情除了自己谁也不知道……复一独自一人沉溺于这狭隘的感慨中。他将自己在郡山旧货店买到的“神鱼华蔓之图”镶入镜框,挂在墙上，然后搬一把椅子放在走廊，坐下来眺望。初夏的风吹来，带来一阵绿叶的气息。他忽然想起湖畔试验所里养的已是中老年的彗星，不知新人接手以后，它们有没有得到精心的饲养。

“要是没有放弃旧生命的勇气，哪儿能培育出新生命呢。”复一这么想着，忽然，脑海中秀江的影子一闪而过。

复一故意想象着彗星得了腐皮病，满身红斑，无法喘气，浮在水面上的情景。顺便把金鱼换成秀江又想象了一番。于是，从脊髓两侧蹿起一股热流，一直堵到咽喉，他使劲咬住嘴唇，才控制住没有从嘴里喷出来。

“我才不在乎呢。”复一说。

当时已经过了金鱼的交配季节，而且新砌的鱼池灰水还没完全脱落，于是复一放弃了当年繁殖产卵的想法，转而着手对亲鱼的研究。他走访了东京的所有金鱼商和业余爱好者。很快，他看上了一条金鱼，可对方不愿意转让，复一便破口大骂，说那条金鱼如何不好。

“复一那家伙太让人讨厌了。简直是个大田鳖。”

这些话在金鱼圈子里传开了。田鳖是一种依靠金鱼生存但却无比凶残的害虫。不管别人说什么，复一还是想方设法弄到了那条金鱼的姐妹鱼。复一确定的培育方针就是用彗星或秋锦这种人工培育出的金鱼和另一种金鱼繁殖，从而培育出理想中的金鱼。

第二年春暖花开时节,雄鱼的胸鳍呈现出了交尾期特有的如春日夜空般温润的“追星”。交尾的需求支配着金鱼们,他们像舰队一样列队游弋,又像斗鸡一样瞬间互相啄咬,身体在水中不断翻转、摆动。已经将情欲用意志禁锢起来的复一,看到这番情景,好似也感受到了世间的些许春意,竟开始破天荒地独自一人去六本木散步,晚饭也会喝上一瓶啤酒。

养母阿常端来啤酒,对复一说:“我们已经退休了,你也该早点儿娶个媳妇,让我们享享福吧。”

复一带着酒劲儿说:“我媳妇就是金鱼。”他是打算让养父母再也不要提起这些俗事。

养母说:“小时候没觉得你有那么喜欢金鱼啊。”

养父宗十郎受到最近重新兴起的古典风潮的影响,想再回去当荻江节的乐师,时隔四十年,又拿起了三味线的拨子。

复一无从判断养父弹奏的好坏,但听着从主屋传来的悠然自得的嘶哑歌声,心中涌起的是对一个随波逐流之人的怜悯之情。

养父还是一直在养一些普通金鱼,鼎造的商会会收购,因此也不用发愁销路。不过宗十郎有时也会发发牢骚:“把价钱压得那么低。真是抠门的生意人。复一,鼎造不是很喜欢你吗?你要从他那儿多弄点儿钱。”宗十郎自己也会直接找鼎造要大量的研究费，好像这样他心里才痛快了。

不管父母说什么，复一都不吭声。他忙着给鱼池换水，把原来分开养的雄鱼和雌鱼放在一个池子里，然后拿出从远方的湖里采来的柳树细根，掺在绳子里沉进鱼池。

蔚蓝的天空下，阳光在飞翔中的小鸟翅膀上、脊背上闪动跳跃着。坐在廊檐下的复一一会儿伸出手，一会儿探出头感受着，终于“风停了。好了”。复一将盖在鱼池上的罩子卷起三分之一向里面看去，只见三只雄鱼排着队像海战时正面突击的舰队向一只雌鱼冲去。雌鱼游进柳树细根里躲避。为什么要躲避呢？因为处女的羞涩，还是生物对性独立的本能坚持，要么索性只是对雄鱼的欲擒故纵？终于，雌鱼避无可避，在柳树细根下产下了一粒粒珍珠似的鱼卵逃走了。雄鱼摆出胜利的姿态，在一粒粒卵上完成“电击”。

等复一回过神来，才发现自己正蹲在池边，两肘撑在膝头，双手紧握成拳，牙齿正咬着指关节，衷心地祈祷着。不论多么微小的生命，它的出生也容不得半点马虎。越是像复一这样远离世人，甚至厌倦世人的人，反而越是容易从这种和人类生命差异极大的生命的诞生中受到感动。本来互相畏惧的不同种类的金鱼，由于复一自私的目的，终于互相配合诞下了新的生命。复一觉得冲这一点自己就必须懂得感激。

复一把雌鱼和雄鱼从鱼池中捞出、分开。为了补充营养，又煮了些清淡的鱼肉。此时，他瘦弱的身体内竟也充满了慈母般的温情。

可是，当年孵化出的幼鱼却不尽如人意——形态过于妖媚，不是上品。

接下来的两年仍旧没能成功。复一不得不着手修正当初的计划。他意识到自己在选择亲鱼时就错了。他理想中的金鱼是童女型的躯体又带有妩媚艳丽。除了兰寿，没有其他的金鱼拥有这种躯体。复一脑海中浮现的始终是童年时真佐子童稚单纯的样子。无论如何，对于深受真佐子影响的自己，他已经很久没有这样懊恼过了。这种苦痛，现在反而更加让人怀念。

复一一想到只要听从内心对真佐子的向往，以兰寿为亲鱼，培育出一条能够体现真佐子魅力的金鱼来，就离胜利近了一步，离自己理想中的金鱼近了一步，就重新燃起了斗志。他觉得目前暂时只能等待——等到从关西找到完美的兰寿金鱼做亲鱼，然后等待来年春天的交配。兰寿的身躯单纯可爱，但头部像虎头太过狰狞，要通过另一种金鱼，去掉兰寿狰狞的部分，这才是最关键的。

复一很少去崖上的府邸，也几乎没见过真佐子的丈夫。真佐子的丈夫是个眼神有些神经质、鼻梁笔直、颧骨略高的男人——是一个长相俊美的绅士。一个周日的早晨，他带着真佐子和女儿来到罗马式的亭子，独自看着外国报纸。当时复一正在崖下的污水坑边采集给金鱼吃的丝蚯蚓，偶尔抬头看到，却又装作什么也没看到的样子下去了。真佐子看见了复一，不知为何觉得自己和丈夫两个人待在这儿有些内疚。

“有什么不好的。你怎么了？”丈夫若无其事地问。

“咱们这么坐在这儿，别人都能看到。”

“我和你不能坐在这儿吗？被人看到有什么不好吗？”丈夫的语气多少有些不快。

“没什么不好。不过下面谷地的人家就能看到咱们。他还是独身呢。”

“就是那个金鱼技师？”

“是的。”

丈夫有些轻蔑地说：“你要是和他结婚就好了，是不是？”

真佐子却好像听不出她丈夫话里的意思，还是一副茫然的表情说道：“我这个人呀，最看重外表了。我的丈夫要是不够英俊，我就连饭都吃不下。”

“真是服了你了。”真佐子的丈夫也不知道是该生气还是该笑，说声“我去洗澡了”，就抱着孩子回屋去了。

真佐子后来坐在那儿想了些什么，没人知道。她的眼神还是一如既往地茫然，一直眺望着沐浴在冬日阳光下的麻布台地。

“鲤鱼和鳗鱼的养殖不顺利，鼎造最近日子也不好过。养鱼场的投入太大了。”

鼎造当初给养鱼场选址时不太经心，选了县内一处半碱水半淡水的入海口附近。养鱼场的台子一再加高，可还是有水涌进来。再加上静冈县里的养鱼场离城近，交通方便，能够提供鲤鱼和鳗鱼，因此鼎造的商会难免要和他们展开竞争。但给鼎造带来重创的并非养鱼场，而是那年春天席卷经济界的又一场金融危机。春天结束时，鼎造的商会不得不开始延期偿付。一直给他提供资金支持的银行停业了，何时再开业谁也不知道。

“‘复一的研究费能不能再节省一些啊。’终于看到鼎造那张黑脸上有愁容了。”

结果，复一的研究费压缩了三分之二。和复一说起这些时，养父的心情竟好似不错。

复一却好像事不关己似的，只是一门心思地准备从关西弄来的一对兰寿的过冬事宜。鱼池上厚厚的草席卷起了一部分，在照进鱼池中的冬日微弱阳光下，兰寿摆动着短短的尾巴和鱼鳍，淡黑色的浑圆躯体反射出温暖的光芒，虽然不够优美、游动起来又迟缓，但十分可爱。看着金鱼，复一竟同时感到了生命的活力和死灰色的空虚。“自己好像被一分为二了。”想到这复一不由得大声笑起来。复一久违的笑声让宗十郎吃了一惊。他拍着复一的背说："你吓我一跳。你这么笑我还以为你疯了。我再怎么沉得住气，也得打哆嗦。"

接近年底的时候，真佐子生下了第二个女儿。直到过年，复一没有再见到她的身影。梅花开的时候，真佐子又出现了。她越来越美得澄澈、绚烂，仿佛产过子、换了水后水藻的颜色。复一觉得真佐子越来越像他挂在研究室墙上的那幅神鱼华蔓。这天下午，真佐子和女诗人藤村一起出现在那个罗马式亭子里，两个女人聊得很投入。就连心如槁木的复一也不由得想知道她们聊的是什么。傍晚，复一装作去抓线蚯蚓，偷偷摸摸地来到了崖下半山腰处的污水坑，悄悄蹲下。他虽然还不到三十岁，可体态动作都十足像个老人。两个人已经聊了好久，复一却听不真切。其实是真佐子想把自己的房间按照洛可可式风格重新装饰，询问藤村的意见。藤村听后显出很不痛快的神情，停了一会儿后说："四五年前，你钟情巴洛克风格我就不以为然，人工痕迹太重了。更何况是洛可可风格。不能总把这些即将灭亡的美作为兴趣。"

"但我无论如何就是喜欢。"

"真佐子你变了。"

"也许吧。就像你有一次说过的，我就是这么个看着天空云朵，却以为是大海和岛屿的人。"

日暮时，复一悄悄下了山，回到自己院子里，顺着房檐回到了研究室。他靠在椅子上闭着眼睛。他最近几乎没和真佐子直接见过面。像今天这样，真佐子和朋友也好、和丈夫孩子也好来到那个亭子，复一也听不到他们说了什么。但即使离得这么远，复一也能感受到真佐子的气息。也许她已经忘了曾拜托自己培育金鱼的事了吧。她的美越来越远离现实世界。一种世事无常的悲哀涌上复一心头。

复一用兰寿金鱼交配繁殖新品种金鱼的尝试进行了三年，却都失败了。

“日暮而道远啊。”

每次培育出不理想的金鱼，复一都要这么说。但也只是说说，没什么伤感的意思。虽然活着，但正在逐渐丧失一切喜怒哀乐、变成行走的骨架的复一，只能依靠偶尔从远处看到的真佐子来激发自己的精神力量。

旧鱼池里都是一些培育失败的名品金鱼，复一不让卖，所以宗十郎夫妇虽有怨言，也只能不时地去撒些饵料。两人苦笑着称那个旧鱼池是金鱼养老院。

从那之后，这种屡次失败的经历一直持续了十年。崖上的府邸也好，崖下的金鱼屋也罢，在这十年里都发生了一些变化。鼎造去世了，真佐子的丈夫、家中的入赘女婿成了府邸的主人，也继承了鼎造的生意。不过他在接手后大力缩减了业务规模。虽然家中有真佐子这样漂亮的妻子，传闻说他还是在外面养了外室。据说原先是个侍女,后来成了妾侍。当然,自从他接手后,就中断了给复一的研究经费,复一陷入了孤立无援的境地。

宗十郎也去世了。到死也没能成为正式的荻江节乐师。

真佐子仍然时不时地出现在罗马式亭子里。现实世界的变化和岁月的推移,唯一的作用只是增添了她蹙眉时的魅力。人到中年的真佐子美得更加澄澈了。

昭和七年(译者注:1932 年)的晚秋,京滨地区普降暴风雨。东京市内的降雨量达到了每坪(译者注:相当于3.306 平方米)三石一斗(译者注:相当于 558 升)。谷地排水沟里的水溢出,好容易培育出的金鱼被冲走了。

昭和十年(译者注:1935 年)的中秋,又是一场暴雨,降雨量每坪一石三斗,复一的鱼池又遭受了灭顶之灾。

自那之后,每年一到秋天,复一就开始焦虑不安。只要感到气压变低,他就坐立不安,整晚难眠。复一早就得了失眠症,不吃安眠药就睡不着。所以一到秋天临近,他就不得不加大药量,否则更加难以入眠。

那天晚上,并没有低气压将至的预报,可半夜里淅淅沥沥地下起雨来。虽然还只是刚入秋,复一焦虑不安地躺在床上,不断地起身探看外面的雨势。可是随着意识越来越模糊,身体也逐渐沉入梦中。雨声越来越响,刺激着复一的神经。他挣扎着想要醒来,可药力的作用把他的意识又拉入了更深的睡眠里。复一躺在床上,支着两肘,保持着随时都要坐起来的姿势,口和眼半开半闭,还打着鼾。当药力逐渐减退,复一终于醒来时,天已经快亮了。

雨停了,天上的云迅速变换着形状。整个谷地一片铅灰色,树木就像伞尖向上收起来的湿透的伞,湿嗒嗒的,无精打采,还在不断地滴着水。山崖上出现了几条横沟,那是大雨后还在不断渗出水的沙土层。崖上的罗马式亭子看起来十分遥远,像一个古代的城堡要塞,与周边的一切不同,显得十分坚固可靠。

七八个金鱼池很安静,水藻、灯芯草被风吹得一片狼藉。侧耳倾听,传来的只有水滴落下的声音,此外再无任何异状。乌鸦那无情的叫声传来时,路旁住户的屋顶上刚刚升起黎明的薄雾。

大水沟里的水量增加了不少,但还没到溢出的程度。由于水势充足,平日的涓涓细流也发出了哗哗的水声,倒让人觉得有些滑稽可笑。

"看来没什么大事。"

复一嘟囔着,赤着脚沿着红土路向培育池的方向走去。睡衣的下摆一直拖到脚后跟,可他毫不在意,就这么拖拖拉拉地走着。

刚一看到培育池，复一不由得心中一凛，好像一只手紧紧地抓住了他的心脏。

通往培育池的小路中途的土层中不断流出的是大水沟里渗出的水，悄无声息地冲开了培育池上覆盖的帘子，金属网也裂开了一个大口子。水流进鱼池中，冲击着池底，再反弹上来流向四方。鱼池就像一个泉眼，不断地有水涌出。

复一近前一看，池底只有小石子和水藻，哪里还有金鱼的影子。

复一勃然大怒，抬脚踢飞了仅剩的金属网，可是同时脚下一滑，摔倒了。瀑布一样的水流沿着小路流下来，水流带着皮包骨头的复一，竟一直将他冲到了崖下的旧鱼池边。好在复一停在了池边的腐叶和泥土堆中。

本来要想获得多年来理想中的金鱼，还需要无数次的交配繁殖和各种不懈的努力。复一已经明白摆在自己面前的是一条前途暗淡的道路，可现在，连培育池的亲鱼都失去了，这让他十四年来的所有苦心都化为了泡影。就像一个赌徒，连翻本的机会也没有了。

复一失掉了最后一丝力气，瘫倒在黑沉沉山洞般的旧鱼池边。

有那么一会儿，复一甚至失去了意识。

当复一终于清醒过来时，天地间逐渐亮了起来，生机又充满了这个谷地。薄薄的云层一点点淡去，露出逐渐放晴的天空。

不知何处传来一阵浓浓的青草气息。不论是绿色、橙色，还是红色，茂盛的树叶里好像都藏着一个坚强的生命，正喷薄欲出。乱蓬蓬的草丛正在抖落掉身上的水滴，饱满得仿佛挺拔的乳房。

复一侧耳倾听，毫不费力地听到了潺潺的流水声。刚刚形成的小溪欢快地流淌着，给眼前的一切自然景致赋予了韵律。复一觉得大地在无限地延伸，自己仿佛已升上了云端。

所有的阴影都呈现出深蓝色，所有的光明则呈现出琥珀色。路旁屋顶一角的瓦片忽然发出灼人的光亮，拨开紫色和白色的光芒，形成的一条光带，照亮了整片谷地。

如澄澈镜面般的初秋的太阳升起来了。小鸟鸣叫地更热闹了，仿佛要用叫声在空中织就一张鲜艳的挂毯。

刚才复一由于极度的紧张与愤怒引起了脑部缺血，暂时失去了意识。现在恢复过来的复一，感觉自己仿佛是一个透明的人，正在静静地观望着周围的一切。什么也想不起来，什么也不用思考，仅仅感受自然的美，并原封不动地映射在自己的心中，甚至与自己化为一体。

七个金鱼池歪歪扭扭地分布着，就像远古巨兽的脚印。复一愣愣地盯着这些美丽的脚印看得入迷。阳关照过来，他的意识也逐渐清醒。他看着眼前的旧鱼池，就好像看着一个第一次遇到的山洞。扔在这里的都是这十年间复一培育失败的金鱼，不愿意卖掉，靠着宗十郎夫妇的好心，偶尔来扔些鱼食。宗十郎夫妇去世后，就没人再管这些鱼了。可怜的金鱼们只能靠吃鱼池里的水草和水绵为生。看到这些失败的金鱼，就仿佛揭开自己失败的伤疤，因此复一几乎从不走进这个旧鱼池。有时复一站在这个半盖着旧帘子的鱼池旁，甚至能感受到被抛弃的生命发出的怨恨。不过复一把这都归结为自己的神经衰弱引起的胡思乱想。

旧帘子已经被暴风雨吹走了，阳光照进了旧鱼池中。时隔几年，复一又一次清清楚楚地看到了这个旧鱼池。在他还来不及有任何感慨之前，他的眼睛紧紧地盯着水面，深深地吸了一口气。由于长满了水绵，池水呈一片深绿色。可就在这一片深绿色的池水中，出现了一片白纱，轻柔地、婀娜多姿地摇摆着——这是一尾金鱼。白牡丹般的鱼鳍上有着紫色、红色、紫藤色、淡蓝色的斑点，还有黑色、金色等交相辉映，犹如万花筒般绚烂。它游动的姿态娇艳，高贵中带着腼腆、羞怯，天真无邪地游弋着，就好像看不见的远方有一股神秘的力量正在操纵者它。复一几乎喘不过气，他有些分不清是不是现实，恨不能找个树根或岩石去蹭一蹭，以缓解金鱼给自己带来的情欲上的冲击。

“这才是我十几年苦心经营，拼命追求而一直得不到的理想中的金鱼啊！到底是我扔掉不要的金鱼中的哪几条，交配繁殖出这样的金鱼来的呢。”

就在这样反复的思考中，情欲的冲击终于被金鱼的魅惑压倒，渐渐沉入心底。复一沉浸在充实感中一动不动。

“有意地追求却不可得，在放弃的过去或意想不到的地方竟会柳暗花明，人生真是不可思议啊！”复一心里闪过这句话时，一度沉入水底的金鱼浮上了水面，完全展开了它的尾鳍，以及它圆圆的眼睛和圆球一样的嘴角。

“啊！它既不像真佐子，也不像那幅神鱼华蔓图，它……它比她们都美！”

失望吗？不！是喜悦。极度的喜悦让复一瘫倒在鱼池边的泥泞中。他虽然闭着眼睛、大口喘着气，但他在心中已经看到了自己一直憧憬的情景——新星般美丽的金鱼身后跟着一排培育中的金鱼，优游自在地、昂头挺胸地，在阳光下展开它们美丽的尾鳍，缭乱地在水中游弋。

老妓抄

虽说平出园子是老妓的本名，但就像歌舞伎演员户籍上的名字一样，并不符合本人给予众人的感觉。然而如果单单用职业名称“小园”来称呼的话，似乎又不吻合如今她正日渐返璞归真的气质。

所以在这里我想用老妓来称呼她应该比较合适。

人们常常会在白日里的百货店见到她。

老妓总是梳着不起眼的西式发型，身着端正的市乐织（又名一乐织，斜纹织的和服布料）和服，身边带着一个小女佣。老妓经常带着一副忧郁的神情在店里闲逛，两手垂在高挑丰满的身材两旁，无所事事地摇摆着。老妓时而在同一处徘徊，时而像纸风筝绷紧了线一样，笔直地走到让人意外的远处卖场驻足。除了白日的寂寥感外，她似乎意识不到其他的一切——她甚至意识不到，自己正是以这种方式排遣白日的寂寥。假如有醒目的物品出现在视线当中，她就会缓缓睁大微青的双眼，如同欣赏梦中的牡丹一般，嘴唇像少女时代一样微微噘起。她走到角落里对着物品微笑，然后重归于忧郁。

新喜乐(老字号的日本传统料理店，位于东京中央区)的前任老板娘在世的时候，老妓、老板娘以及另一个新桥的有趣的艺妓凑在一起经常闲谈。她们那听起来充满典型的机智和跃动感的谈话一旦展开，就连半老徐娘的艺妓们都会抛下客人，围在老女人们的身边，说是要“学习学习前辈的说话方式”。

即便有时只她一个人，为了自己看重的年轻同业者，她也经常说一些经验之谈。

老妓每每会从自己懵懂无知的雏妓时代说起曾经由于听到店里的客人和前辈之间露骨的玩笑话而大笑失态，导致场面难堪，忍不住哭出来的尴尬往事。然后是她成为男人的外室，因为和情人私奔而害得自己母亲被男人押为人质的事情。再有后来虽然自己已经独立，手下也养了两三名艺妓，但实际上曾经为了借到 5 日元，而坐上了往返横滨需要 12 日元的车——当然是月底付钱……这些故事尽管情节相同，但意趣不同，常常让年轻艺妓们笑得筋疲力尽。老妓那种充满异样诱惑的叙事魅力紧紧抓住年轻艺妓们的心。最后，年轻艺妓们往往会揉乱头发，按住自己两肋笑得喘不过气来，恳求老妓。

“姐姐，求你了，快别说了。再笑下去就要死人了。”

老妓从不说仍然健在之人的故事，只是用她高人一等的独特观察力来描述熟悉的故人。这其中既有令人意想不到的艺人，也有门外行走的路人。

其中有一则逸闻也不知是真是假。据说中国的戏剧名角梅兰芳来帝国剧场演出时，老妓曾经拜托主办方的某富豪说，“无论出多少费用都行，请帮我制造一个机会和梅兰芳先生见面”，然而却被富豪委婉拒绝了。

笑得肚子疼的艺妓当中，有一人也许存了报复的念头，故意问道：“姐姐，听说那时候你从和服腰带衬垫里拿出存折给对方看，还说看我有这么多钱呢，这是真的吗？”

每当这时，老妓就会像个孩子一样气呼呼地说：“蠢货。我又不是小孩子，怎么可能把钱放在腰带衬垫里面什么的。”这种怒气的真假暂且不提，单只为了看老妓这副纯真的模样，年轻女子们也屡屡会如此发问。

老妓讲完这些故事后，一般就会说：“不过呢，你们都要知道。无论换多少个男人，对我们女人来说内心其实只不过是在寻求一个男人罢了。现在想来，当时我被这个或那个男人的部分所吸引，然而最终却发现，他们身上找不到的那些东西才是我内心追求的部分。所以到最后我和那些男人都无法长久厮守。”

年轻艺妓们回问她：“那么，你一直寻求的那个男人究竟是谁呢？”

这时的她，会露出忧郁的气质，答道：“如果我知道这个的话，怎么还会吃那么多苦呢。也许是初恋，也许是今后遇到的某个男人也说不定。唉，往往这时就会很羡慕有家庭的女人。听从父母之命与一个男人相伴终生，毫不犹豫地生孩子，然后照顾孩子，最终死去……”

每每听到这里，年轻艺妓们就会评价说姐姐的故事的确有意思，但听完以后却总会让人心灰意冷。

大约在十年前，老妓经过多年的辛苦攒了一大笔钱，宴会席上陪客也有了一定的自由选择权，于是她开始盼望能过上健康而正常的生活。那段时间她的生活发生了很多具体的变化。比如，将艺妓屋和她居住的后面带仓库的房子隔开，把出入口设在其他连接大路的小巷里。同时，她还收养远亲的孩子，并且让养女上了女子学校。通过庶民区的朋友，她找到写下这则故事的我，在学习和歌时，她曾经说过如下这番话：

“艺妓，就像是一把方便的工具，虽说不需要特别高的质量，但必须能适用于大部分场合。所以希望您能教我到这个程度就可以。因为随着我的年纪增长,很自然的,我身边的文雅之士也渐渐多了起来。”

我差不多用了一年的时间来考察这个上了年纪的老妓的技艺。发现,不能说她没有和歌天赋,但她的性格可能更适合咏诵俳句。于是,我介绍了一位女性俳句诗人给她。作为谢师礼,老妓派了经常雇佣的匠人来,为我在中庭修建了一个小小的平民式喷泉。

她在工作的高级料理店看到全套的电气化设备,似乎是一股不服输的劲儿发作,她把自己的正屋改建成日西合璧的样式,也装上了同样的设备。装上设备以后,看着这些设备运转时,她却从中感受到了一种健康而神秘的东西——注入凉水不一会儿就变成开水从水龙头里出来的热水器;把烟斗前端一按马上就能点火吸烟的电子烟灰缸;等等。

每当使用这些物品时,她的心里就一阵阵悸动。

“真像是个活物。嗯,所有的事物都应该这样才对……”

她不禁回顾自己的前半生。

“回想我们过去的生涯,仿佛一直在慢吞吞地点灯、熄灯,然后再熄灯、点灯一般……”

虽说对高昂的电费有不少怨言,但老妓就像个孩子一样,有一段时间,每天早早起来就为了摆弄各种电器设备。这些设备经常出故障,这时一般都是找附近电器店的老板莳田先生来修。老妓经常好奇地看着莳田修设备,不知不觉间也吸收了一些电气方面的知识。

“阴极和阳极合体,产生反应。嗯,这不就像是人与人之间的缘分嘛。”

她对文化的感叹又加深了一层。

那些只有女人们的家里,时常会有需要男人的事情发生,因此莳田也会接手这方面的工作。不过,有一次,他带了一名年轻男子来,说以后电器方面的事情请交给这个年轻人。这名男子姓柚木,性格开朗,似乎对什么事情都满不在乎的样子。他来到老妓家张口就说:“一个艺妓的家里,居然没有三味线?”

来的次数多了以后,柚木那满不在乎的神情、利落的年轻气质,不经意间成了老妓的指责对象。

“柚木君的工作态度太敷衍了,修完的东西每次连一周都用不了就坏了。”她开始这样说。

“对呀。这么无聊的工作,我没有热情啊!”

“热情是什么?”

“热情啊,就是那个,用你们圈子里的话说,就是嗯,欲望。”

突然,老妓对自己的前半生起了怜悯之心。想起了自己毫无热情度过的时光,许许多多的宴席以及陪过的形形色色的客人。

“是吗？那么什么样的事情会让你燃起欲望呢？”

青年的答案是“做研究出发明，取得专利并以此挣钱”。

“那你就赶紧开始做呀！”

柚木抬头看向老妓：

“赶紧做？你说得倒轻巧（说到这里柚木啧了一声）。所以说就是因为这样，你们才被大家叫作贪图享乐的女人嘛！”

“不是的，我能这么说，是因为我有帮你忙的打算。生活方面就交给我了，你只管尽力去做怎么样？”

于是，柚木离开莳田的店里，搬到了小园名下的一所房子里。老妓按照柚木的意见，把房子的一部分改造成工作室，买了一些研究器械给他。

柚木从小苦读，好不容易才从电器学校毕业。然而胸怀大志的他为了避免被束缚，没有找正式的工作，而是干着基本是日工的活儿。有一段时间他辗转于市内的各个电器店，也就是在这时恰好碰上了莳田。莳田是柚木同乡的中学学长，又很喜欢照顾人，所以柚木就暂时留在他的店里帮忙。但是莳田家孩子多，琐事不断，让柚木很是头疼。正好在这个时候，柚木得到了老妓的援助。不过他并没有感到多么难得，他心想，像老妓这样从男人身上榨取不义之财，放纵惯了的女人，上年纪后良心不安，为了赎罪都会这么做的吧。虽说柚木还没有到认为自己是施恩一方的地步，但他也对老妓的好意没有任何感激之情。有生以来柚木第一次不用考虑糊口，可以专心研究如何将书中的理论和实验数据相结合，然后将能用的部分纳入自己的实验当中，从而创造出世间没有的东西。

“这样安静且踏实的生活多么的幸福呀！”柚木想象着这样一幅场景，连自己都觉得，自己颇为健壮的身躯穿着麻布衬衣，顶着一头烫好的卷发，斜靠在椅子上抽着烟，从挂在柱子上的镜子里看到的那个人，将会和以前的自己截然不同，而且很符合一名青年发明家的形象。

工作室外有一圈走廊，长方形的细长庭院里有些许植物。每当他工作感到疲倦时，就来到走廊围栏处躺下，仰望都市里微浊的蓝天，小憩片刻，这时会有很多幻想入他梦来。

老妓每隔四五天来看望柚木一次。她一般先在屋里转一圈，看看有没有什么生活上缺少的东西，然后回头就会派个人送过来。

“作为一个年轻人，你还真是够省事的。屋里整洁干净，需要洗的东西一个都没有呀！”

“那当然了。我妈妈早早就去世了，所以婴儿的时候我就自己洗尿布，然后给自己穿上了。”

老妓初始不信。不久，脸上浮现出悲伤的表情，说道：

“不过，男人如果太在意琐碎小事，怕是就无法有大成就吧。”

“我呢，好像并非本质如此，只是被迫养成了习惯而已。但凡看到自己有一点点散漫的地方，就会变得不安。”

“不知道你怎么回事，不过如果有需要的东西，别客气尽管开口。”

稻荷神社庙会（二月的第一个午日）那一天，老妓叫了稻荷寿司外卖，两个人如同母子一般惬意地享用了一番。

老妓的养女路子脾气有点儿阴晴不定。有时候连续好几天都来，想和柚木玩耍。从小生活在把男女感情像商品一样交易的环境中，即便养母再想屏蔽这些，周围的环境仍然会不可避免地影响到路子。所以路子非常早熟——虽然只是学到了男女之情的表面形式。柚木对玩乐提不起太大兴致，面对这样的柚木，路子有一阵子就彻底不来找他，然而不久之后就又悄悄地前来。路子心里大概是这么想的，柚木也是受自己家恩惠的人之一，不拿来当玩乐对象似乎就吃亏了。对于自己的老母亲捡了一个非亲非故的人回来这件事，路子似乎不大服气。

路子大大咧咧地坐在柚木的膝上，媚眼如丝，撒娇地说：“你掂掂我有多重？”

柚木膝盖上下动了两三次后说：

“按照适合结婚的年纪来看,你的情趣可不够呀!”

“不可能,我在学校的操守分得的可是 A 哟!”

路子也不知是故意曲解了柚木所说的情趣这个词的意思,还是真的弄错了。

柚木从衣服上面摩挲姑娘的身体,发现这一切就是营养不良的孩子模仿成熟女人故作娇态,不禁哑然失笑。

“你太没礼貌了! 反正就你厉害。”路子说着生气地站了起来。

“嗯,你好好运动运动,就能长成像你妈妈那样的身材了。”

从那之后,不知为何,路子毫不掩饰对柚木强烈的憎恶之情。

柚木的幸福感仅仅持续了半年而已。渐渐地不知何故他开始有些恍惚,发明目标停留在空想阶段时确实感觉非常棒,然而一旦进入实际调查、研究阶段,就发现和自己类似的方案都已经有人申请到了专利。就算自己的想法更进步,但为了避免和已有专利相抵触,就必须进行很大改动。而且柚木也开始怀疑这样的发明究竟是否被社会所需要。事实上,有时专家认为不错的东西,拿到社会上却并不适用,而某些灵光一闪得来的发明却非常成功。柚木很久以前就知道发明是个投机的活儿,但他没想到这条道路竟然如此曲折,而且也就是在实际着手之后才深深地体会到这一点。

不过，比起这些，柚木对这样的生活失去热情的根本原因，更在于他自身。以前被人雇佣的时候，总是憧憬着没有生计的忧虑、可以专心研究的生活，而也正是心中怀有这样的憧憬才让他能够忍受现实的琐碎。然而一旦过上了这样的日子，他才明白这种生活的单调苦涩。有时周围过分安静，并且无人可进行商讨，只有自己一人苦思冥想的状态，就像是一辆火车不知哪里出了问题，最终彻底脱轨而出。整个世界仿佛只剩自己一人，这样的压迫感三番五次出现威胁着柚木。

对靠发明挣钱这件事柚木也开始变得不确定起来。最近这些日子，不必担心生计，想要转换心情时就去看看电影，或者去小酒馆喝到微醺，然后坐一元计程车回来。而且这些费用，只要开口老妓也会很爽快地给。自己的娱乐需求完全能得到满足。甚至曾经有两三次，柚木还被同业的伙伴叫出去喝过花酒，但他对金钱交易以外的东西毫无兴趣，屡屡涌上心头的念头是想早些回到自由自在的家中，毫无顾忌地睡在自己喜欢的床上。他就算是出去玩乐也从未外宿过，唯独在床铺这一项上，他准备了与自己身份不相称的好东西——从家禽店买了材料来，自己灵巧地制作出了羽绒被等寝具。

当发现自己身上的一切都巧妙地被中和，无论如何寻找，心中都无法涌起其他欲念时，柚木不禁心中一惊。

他甚至怀疑和同龄人相比自己是否变得不正常了。

相反，那个老妓究竟是个怎样的女人呢？表面一副忧郁的神情，实际上内心却强悍无比。哪怕是一个小小的技艺的练习，她也追求一个又一个的进步，对未知事物充满了近乎贪婪的好奇。满足与不满足交替推动她向前走。

老妓又一次来探望时，柚木说起一件事。

“法国有一个著名的歌舞剧女演员，米斯特哥特。”

“啊，她的话我知道呀。我听过她的唱片，那一段非常了不起。”

“听说对那个老太婆有个评价，说她把全身的皱纹都刮到了脚底板。像你这样的女人看上去目前还不需要吧。”

老妓眼中瞬间闪过一道寒光，不过随即转为微笑。

“你是说我吗？都这把年纪了，皮肤肯定是不像以前那么好了，不过你可以摸摸看啊。”

说着，老妓把袖子挽起来，左臂伸到了柚木的前面。

“你来试试，用大拇指和食指用力揪住手臂这里的皮。”

柚木按她说得做了以后，老妓用自己的右手两根手指抓起柚木捏着的左臂相反位置的皮肤。于是柚木捏在手里的皮肤慢慢滑落，手臂恢复到了原来的形状。柚木又使劲试了一次，但被老妓从反面一扯仍然没能抓住。老妓白皙的皮肤顺滑如同鳗鱼的腹部，神秘得仿佛羊皮纸一般，那种感觉一直残留在柚木的心中。

“真是让人不舒服,不过也是很震惊啊!”

老妓用绉绸衬衫的袖子擦了擦手臂上指痕划下的白印,然后把袖子放了下来。

“这也多亏了从小被打着骂着跳舞才练出来的啊!”

然而,这时她似乎是想起了幼年时的艰辛,表情瞬间黯淡下来。

“你最近是怎么啦?”

老妓仔细看了一会儿柚木说道。

“我并不是说催你赶快学习,早点儿成功。不过呢,总感觉你最近没什么精神。你最近就像是鱼上了陆地喘息困难一样,是不是?你这个年纪的男孩子,本来是连自己的事情都考虑不过来,而你却关心上了年纪的女人关于年龄的事。不过讽刺的是,这恰恰就是你心情别扭的体现。”

柚木对老妓敏锐的洞察力佩服得五体投地,于是他诚实地坦白道。

“我完了,对世间的一切都失去了热情。不,也许是我天生就没有这种热情。”

“怎么可能呢?不过,如果真是这样的话就不妙了。你似乎像变了一个人一样,越来越胖了。”

事实上,柚木原本体格就很健壮,如今又像吹气球一样身上添了很多脂肪，变得像是个富家少爷。褐色瞳孔上变得肿胀的眼皮，变成了双层的下巴上甚至有了油脂的光泽。

“嗯，我的身体状况非常好。不过一直这样迷迷糊糊舒舒服服的话，紧张不起来，该小心的事情也立刻就忘记了。所以就因为这样，平时我总是有一种不安。这样的心情有生以来还是头一次。”

“你是山药荞麦面吃多了吧。”老妓知道柚木经常从附近的店里叫山药荞麦面外卖吃，所以开了一句玩笑，不过她立刻认真地说道：“这种时候呢，最好是能找到一个让自己忙碌起来的心灵的种子，无论什么都行。适度的辛苦经历也自有它的重要之处啊。”

过了两三天，老妓邀请柚木一起出门，还带着路子和两名年轻艺妓，这两名艺妓并不是老妓店里的人。年轻艺妓盛装打扮，恭恭敬敬地对老妓行了个礼，说道：“姐姐，今天非常感谢。”

老妓对柚木说：“这两个艺妓的费用我已经付过了。今天打算慰劳你，给你解解闷儿。所以你就把自己当成个少爷，今天一天无拘无束地享受吧。”

两个艺妓工作的确敬业。在竹屋渡口乘船时，年纪小的艺妓对柚木说：“哥哥，扶我一把吧。”进了船里，她又故意踉跄了一下，顺势压住柚木的脊背。艺妓身上的香气瞬时充满柚木的鼻腔，她丰满白皙的脖颈从红色的后襟露出倚在柚木胸前，颈窝处青色朦胧的发际线突然闪现在柚木眼前。艺妓的脸微微歪向一旁，于是像雕塑一般的高鼻梁被涂满白粉、像白色陶釉般充满光泽的脸庞清楚地衬托出来。

老妓坐在船中央的隔木上，从腰间一边取出香烟盒与打火机，一边说道：

“风景真好啊！”

一行人时而搭乘一元出租车，时而步行，一路上游览着荒川水道临近初夏的风光。虽然近来工厂多了起来，公司的宿舍林立，但钟之渊、绫濑川（二者皆为东京地名）昔日的面貌仍然依稀残存在于石灰层的地面之上。绫濑川有名的合欢树也保留下来了一些，对岸的芦洲上现在也仍然有造船工。

“我被包养在向岛宿舍的那阵子，老公是个醋坛子，坚决不准我出远门。于是我要出门只能跟他说要在这一带散步。那时我的情人会伪装成钓鱼的，把船系在这个堤防的合欢树的树荫下。用现在的话说，我们俩在这里幽会。”老妓说道。

傍晚合欢花渐渐绽放，造船工的钉锤声不知何时消失了，苍白的雾霭隐隐约约漂浮在河流上方。

“我和情人曾经商量过要不要一起殉情呢。想想也就是跨过船舷的一桩简单活儿，那时差一点儿就死了。”

“那最后为什么改变想法了呢?”柚木健硕的身体一边在狭窄的船里走着一边问。

“我们每次见面都会商量殉情的事情,但却一拖再拖。有一天从河对岸漂过来了自杀死的人的尸体,我的情人挤在看热闹的人群当中仔细端详了一番尸体,回来以后他就说,殉情还真是死相难看啊,所以我们还是算了吧。”

“那时我开始感觉假如自己死了,也许对这个男人来说没什么,但被留下来的老公却会很可怜。无论平时他让人多么不舒服,可那样的嫉妒心总是会让我在他人心里留下些什么吧。”

年轻艺妓说道:“每次听到姐姐说起当年这些悠然自得的事情,就感觉我们现在天天工作就一心为了挣钱,真没意思呀!”

老妓连忙摆摆手,“哎呀,不是那样啦。如今有如今的好处。现在的生活就像电一样,什么都变得很快,而且方式多种多样,不是很有趣吗?”

被老妓劝慰了一番后,年长的艺妓配合年纪小的艺妓,继续娇媚地取悦着柚木。而旁边的路子则一副心神不宁的样子。

最初路子是很超然的轻蔑态度,离开众人独自在一旁用便携式莱卡相机拍摄着沿途的景色。不过一会儿她就摆出一副我和柚木非常熟稔的样子。在获取柚木欢心这一点上，很露骨地试图打败艺妓们。这时，从不善察言观色的未成年姑娘身心散发出的，如同孱弱的病鸡般的肉欲气息传达到了柚木的心里，让他不自禁地深吸了一口气。不过只是一刹那便消失了，她并没有打动他的心。

年轻艺妓们对小姑娘的挑战明显感到不舒服，不过由于路子是大姐的养女，而自己又只是出于工作性质讨好柚木，所以为了避免不必要的麻烦，在小姑娘努力表现的时候，她们就控制好自己的媚态，而当小姑娘一松劲儿，她们就立刻去为柚木服务。路子觉得这两个艺妓就好像盯着自己点心的苍蝇一样，很烦人。于是，似乎是为了发泄自己不满的情绪，路子时不时地把气撒在了老妓身上。然而老妓对路子的挑衅并不放在心上，只是忽而悠然自得地在堤防上摘下繁缕给金丝雀做鸟食，忽而在菖蒲园把带皮芋头当作下酒菜来喝啤酒。到了傍晚，一行人来到水神的八百松打算吃晚饭。这时路子盯着柚木，说道:“和食，我吃得够够的了，我要回家。”

惊讶的艺妓们想要送她。老妓却笑着说:“没事儿，给她叫辆车就行了。”然后叫停了路过的汽车。

看着远去的汽车，老妓说道:“这孩子啊，就只是学会了一丁点儿皮毛。”

柚木渐渐地不明白老妓所作所为的意思了。如果是因为自己对过去的男人们不好而良心过不去，想要赎罪，于是现在通过照顾年轻男子来减轻自己的内疚的话，好像也不用弄出这么大动静。最近这一带因为他们的流言纷飞，但是老妓对自己却完全不是养小白脸的感觉。

为什么要这样放养一个男人呢？柚木近些天来根本不进工作室，也放弃了发明的努力。而且老妓明明也早都知道了，却对此一句都不提，反而让人更疑惑她赞助自己的目的。面对廊庑的玻璃窗就可以看到工作室里面，柚木出来的时候总是低头尽量避免自己看到。他来到廊庑仰面躺下，临近夏日的庭院里，古树绿叶齐放，从小池水里的残石中绽放的鸢尾和杜鹃花招惹着牛虻。碧蓝色的天空澄澈无比，如同大陆一般色彩凝重的云朵带着些雨气缓缓走远。隔壁邻居家晾晒的衣物背后桐花盛开。

柚木过去在很多人家工作过。他曾经把头伸进散发着酱油樽霉臭味的橱柜一角，伸不开手脚地干过活，也曾经用饭盒盛放过主妇或女佣分给自己做午饭的炖菜。而所有这些当时让他厌烦的事情，现在回想起来却十分怀念。柚木在莳田家狭窄的二楼上给客户做设计预算报表时，孩子们一个接一个地过来，使劲儿搂住他的脖子直到他脖颈发红。孩子们甚至会从自己小小的口中拿出刚含进去的糖块儿，连口水一起塞进柚木的嘴里。

柚木开始思考，比起发明这样伟大的事业，自己莫非更渴望普通的生活。突然，路子的事情掠过心头——老妓假装什么都不知道，似乎处处落落大方地从高处俯视着一切。其实她心里会不会有让自己当路子的女婿，照顾她晚年生活的打算呢。然而这个却也无法全然断定。但是柚木也明白，像老妓那样自尊心极强的人怕是不会因为那么小气的计划就对一个陌生人百般好的。

柚木又想到路子，这姑娘看似外在仪容十二分的完美，但其实作为一个女人并没有多少内涵。柚木从路子联想到水煮栗子那水兮兮、湿漉漉的样子，苦笑了一下。近来路子对自己似乎怀有憎恶、反感之情，同时却又很神奇地一直坚持缠着自己的，反而在柚木心里留下了不小的印记。

路子最近这段时间来得非常有规律，一般都是隔上一两天就过来。

路子从后门进来了。她拉开四个榻榻米大的客厅和工作室的拉门，站在门槛处。一只手靠在柱子上，身体稍微扭着做出媚态，另一只手伸进展开的袖子里，摆出一副照相的姿势，头微微向下垂，额头下的眼睛似乎在说她很生气。

路子说了一句，“我来了噢。”

廊庑上躺着的柚木只是回了一声“嗯”。

路子又说了一遍。但得到的是同样的回答，所以她真的生气了。

“你那是什么反应啊？我再也不来了。”

“你这姑娘，还真是让人没辙啊。”柚木起身，盘腿坐好，说道：“噢，今天梳的是日式发髻啊。”说完仔细端详着。

“不理你了”，路子说完转过身去，和服背部扭出一道曲线。华丽的和服腰带结的上方，立刻露出长长的后颈，显出脖颈下衣服白色的富士山的形状，这种过分讲究的夸张的媚态和腰带下方腰以下的部位，像一枝花一样，陡然削薄毫无风情的少女——柚木盯着这上下对比鲜明的少女，想象着。如果这个姑娘成了自己的妻子，应该会任何事情都随着自己，什么事情都依赖自己吧。虽然有点儿聒噪但喜欢照顾别人，那么自己的一生也就很意外地变成随处可见的平凡了吧。虽说感觉有些寂寞，但同时似乎又有一种不试试那样的生活，就不能体会一种不明的对未来的想象的心情一样。这样矛盾的情绪在柚木心里互相牵扯着。

为了让脸盘显得小一些而坠在额前的刘海儿，鬓角分明，呈现出一种过度模式化的装扮。柚木试图从这个打扮成美丽少女的路子小小的脸上，找出能让自己更加着迷的魅力。

“你转过来再给我看一下，今天打扮得很好看啊！”

路子右肩膀摇了一下，不过立刻就转过身来，用手整了整胸前的衣襟和头发。

“你真烦人。这样可以了吧。”路子对柚木认真地看自己这一点很满意,晃动着带着长长彩条的花绣球簪子。

“我给你带好吃的来了,你猜猜是什么?”

柚木一边颇为意外地想自己被这个小姑娘戏弄这一点会不会已经被看穿了,一边说:“猜什么猜,麻烦死了。你既然带来了就赶紧拿出来。”

路子对柚木的蛮横态度立刻生起逆反之心,“人家一片好意拿来的,你这么嚣张,我不给了。”说着脸转到一边。

“拿出来!”柚木站了起来。他内心对自己现在的行为感到吃惊,然而表面仍像个大权在握的人一般,“我说你给我拿出来,你拿是不拿?”说着他端起肩膀,慢慢靠近路子。

柚木心中升起一种从未有过的极度紧张感,感觉到这时仿佛有一种会将自己的一生拖入一个小小陷阱的危险出现了。但是由于一股不明的牵引力,即便明知危险却铤而走险的勇气将紧张感从柚木身上抽离了出来。路子这时仍然以为柚木是出于专横而开的玩笑,用嘲笑般的神情轻蔑地看着他,然而似乎感觉到情势不对,她突然害怕起来。她一边稍稍往茶间退了几步,一边小声嘟囔着“才不给你呢”。而这时柚木盯着她的两只眼睛,仿佛熊熊燃烧的烈火一般,慢慢地柚木一只手缓缓地从怀里拿出来,放在她的肩膀上。这时路子出于恐惧“啊”地叫了两三声,她没有任何装饰的真实面容表露在神情中，眼睛、鼻子、嘴巴瞬间扭曲起来。

“拿出来，快拿出来！”柚木的话虚无缥缈地悬在半空中。路子感受到了柚木手臂上剧烈的战栗，还有他使劲儿咽唾沫的喉咙。路子睁大了眼睛，哭着连声说“对不起”，但柚木简直像是触了电一样，脸部表情痴呆，动作迟钝，脸色苍白，瞳孔一动不动，只有手臂上的战栗越来越剧烈，通过两手传到了路子的身上。

最终路子理解了柚木的意图。这时她突然想起了平时养母挂在嘴边的一句话，“男人其实都是胆小鬼”。

人模人样的一个大男人，居然会因为这点儿事情在和自己的胆怯做斗争。路子突然觉得这样的柚木像是一只可爱的大狗。她脸部的五官霎时回归原位，又恢复到一脸爱娇的笑容。

“笨蛋，你不这样，我也会给你吃的呀。”

说着，路子用手掌倏地一下抹掉柚木额头的汗。

“在这儿呢，过来，快。”

从庭院树木骤然响彻四周的风声中，路子回过身来，一把抓住柚木健壮的手臂。

五月的连阴雨缠绵不断的一个傍晚，老妓撑着伞从玄关旁的小门进来了。她身着颜色典雅的宴会盛装，走到榻榻米上，放下和服下摆坐了下来。

“我去宴会陪酒了，刚好有点儿话想对你说就过来了。”

拿出香烟盒，老妓用烟管儿把当烟灰缸用的西洋碟拨过来，“最近，我家路子好像经常来你这儿。噢，我不是要对这个说三道四。”

她说：“年轻人嘛，会不会……而且这个怎么说呢，假如你们俩真的是脾气相投，从心底互相爱慕，那我也是非常赞成的。但是，如果两个人都只是抱着玩一玩的心态，随随便便就在一起的话，这样的情况世间到处都是，很无聊，那你也完全没必要找上路子。不认真的恋爱无论谈几次结果都一样，我自己就因为这个蹉跎了大半辈子。无论是工作，还是男女关系，我都想看到没有杂质、一心向前的姿态。如果在身边能看到这样的人，那么我也就可以毫无遗憾地离开人世了。”

老妓对柚木说：“不能心急，也不要着急。不要做徒劳的事，无论是工作还是恋爱，希望你都能一心一意地不要留下遗憾。”

柚木笑着说：“那么纯粹的做法我现在无法做到，也没有心思做。”老妓也笑道：“无论哪个时代，自己不努力的话，很少有人能做到呢，所以你需要耐心等待。想吃山药荞麦面就去吃，我是说你要仔细看清楚自己命运的走向。还好你的身体足够健壮，毅力看起来也挺长久。”

说完，来接老妓的汽车到了，她回去了。

柚木当晚一个人溜溜达达地出门了。

老妓的意思他慢慢明白了。老妓自己没做到的事情，希望柚木能做到，但是她自己没做到而想让柚木做到，无论是老妓还是柚木，都是无法实现的事情。现实这个东西，总是只给人一点边边角角的希望，而全部的身影则若隐若现，勾着人一路往前走。

自己随时都能停下脚步，但是老妓却全然不知放弃。从这一点来说感觉她似乎不够机灵，然而这样的迟钝反而似乎更加充满力量。

柚木内心惊叹，这个老女人真的很坚强，甚至让人感觉好像经验老到快要成妖了。柚木受到一种悲壮之情的冲击，同时又很厌烦这种把自己卷入其中的无谋企图。如果可以的话，柚木想从老妓让自己搭乘的这部无果电梯上下来，钻到自己手工制作的羽绒被里舒舒服服地待着。为了惩罚生出这个念头的自己，柚木花了两个多小时从东京坐火车来到一家海边的旅馆。这家旅馆的经营者是莳田的哥哥，柚木以前受莳田的委托来为旅馆修过电器。旅馆面对着广阔的大海，四周山峰云雾缭绕。柚木想在这大自然包围的环境之下，自己一个人静静地思考思考，而这是他以前从未曾有过的想法。

柚木来到这里后，品尝着新鲜的鱼类，沐浴着咸咸的海风，心情无比畅快。同时在他心里阵阵的嘲笑声不断翻涌而来。首先，被无限憧憬吸引的老妓完全没有意识到这一点，每时每刻忙忙碌碌的生活非常可笑。其次，就像某种动物只是囿于周围地上画的圈，不越雷池一步，柚木为即便来到了这里也无法摆脱老妓氛围影响的自己感到羞愧。被圈在笼中感觉窒息无聊，一旦离开又倍感寂寥。还故意找了一处很容易会被人找到的地方，自己摆出一副逃脱姿态的现状，更是可笑。自己和路子的关系也很奇怪。两个人不明不白闪电般打得火热。柚木在旅馆住了一周后，电器店的莳田受老妓的委托，拿着钱来接他回去。莳田说："可能有些事情让你不舒服，不过你还是应该早日谋个生计快快独立起来呀。"

柚木被带了回去。不过，之后，他就养成了时不时离家出走的习惯。

"妈妈，柚木又跑了呀！"

穿着运动服的路子站在仓库门口说。她把自己的感情搁在一边，特别想看养母因此而心情出现一点儿波澜，自己好从旁看看笑话。

"听说他昨天晚上、前天晚上都没回来。"

从新日本音乐的老师那里接受完指导的老妓，这时正一个人留在当作练习场地的仓库的小房间里，反复温习着。听罢她放下手中的三味线，掩饰住内心的遗憾，转过头去泰然自若地对养女说：

“那个男人啊，出走的老毛病又犯了。”用长烟斗吸了一口烟，左手把袖口展开，审视了一番自己穿的大岛男式条纹和服是不是合适之后，老妓说道：“别管他，他一直这样的话，我们也不能对他太宽容了。”

然后，老妓弹了弹膝头的烟灰，慢慢开始收拾乐谱。路子原本期待看到养母怒不可遏的表情，然而并没有如愿以偿，所以路子一副无聊的神情，拿着网球拍去了附近的网球场。那之后老妓立刻给电器店打电话，跟往常一样拜托莳田去找柚木。对受自己照顾的青年自私自利的行为极为不满的心情，老妓对莳田不需加任何掩饰。她激烈的语气从电话口传到了自己握着话筒的手中，于是心中涌上一种不安，同时还有情绪发泄后类似微醺的寂寞之情。然而这一切却让她的精神活跃了起来。放下电话后，老妓自己感叹道：

“果然年轻人还是精神头儿足好呀，必须要这样。”她一边感叹，一边用袖口沾了沾自己的眼角。

每次柚木逃走时，老妓就会对他产生一种厌弃之情。然而她又会不断想象，假如柚木不回来的话会是什么后果，每次都感觉自己做出了不可挽回的事情。

盛夏时节，已经介绍给某女士学习俳句的老妓，突然很罕见地托人给我送来了一封请求修改和歌诗稿的信。之前为了感谢我的指导，老妓曾找人在中庭建造了喷泉，我那时恰好在这个喷泉前纳凉，于是从送信人手上接过诗稿，听着喷泉的水声，非常好奇地读起久未谋面的老妓的诗。其中有一首可以窥见老妓近来的心境，所以在这里写给大家。我对原作进行了一些加工修改，修改只限于个别的修辞，以保证完全没有妨害到原作的内容：

衰老啊，
年年加深我的伤感，
而我的生命，
却日益璀璨。

女性崇拜

我们一般认为西洋人都很尊重女性,但其实并不能一概而论。比如说,虽然世界上公认在全欧洲最尊重女性的是英国人,但实际上还有一种说法,即英国人对女性的尊重止于客厅,进入起居室后态度就截然不同。事实上,在文学上对女性竭尽讽刺挖苦之能,英国人的这种对女性的反感毫不掩饰的态度,在其他国家中并不多见。在萧伯纳所著的《人与超人》这本书中,作者似乎将女性塑造成了一个只知盲目执行人类本能的机器。女性成了凭借自己的魅力从男性那里夺取生命的种子,试图造出下一时代的“超人”。据说正是当时的英国家庭中主妇一味追求形式上的女权主义,导致寻求自由欲望的男性试图逃离,从而使得英国的俱乐部产业异常发达。这样想来,并不大张旗鼓宣称自己尊重女性的法国人,反而在家庭里面十分温顺,唯唯诺诺,完全拜倒在主妇的石榴裙下。而且法国人自己也认为,这种方式无论是对生活还是对人生都是聪明的做法。

说到我们的武士道,虽然嘴上说着不把女人放在眼里,但实际却给予正妻相当高的待遇和权利。即便是为了淀君神魂颠倒的丰臣秀吉,对正妻政所的态度也是相当的尊重。

女权主义者形形色色。有对女性全然不知,却理想主义式地予以崇敬之人,也有源自变态性格对女性尽显谦恭姿态之人。还有出于事业上的需要,从女性身上感受神秘色彩的灵媒职业者,“英雄额头抵在女人胸前,倾听夜空中星星的私语”,拿破仑对约瑟芬的感情便是如此。

总之,衡量是否是女权论者重在其本质。从女性角度而言,比起由于天生柔弱而不得不奉行女性主义的男性,或许,那些意气昂扬的男人才是她们梦中所想的吧。

夏夜梦

月上枝头，黑暗渐渐褪色，让人生出夜晚再次来临的感叹。岁子内心涌动出既愉悦又不安的情绪，久久不能平静，她从内玄关走到外面。

“今晚也要出去吗？你还是放下那个心思吧。”这个时候仍在洋房二楼书斋学习的哥哥，听到了岁子的脚步声对她说。

窗玻璃上映出的台灯圆形的影子纹丝不动，看样子哥哥也只是嘴上这样说说而已，并没有想要站起来阻止岁子的意思。

“嗯，今晚是最后一次了。所以哥哥不要担心，安心学你的习吧。”

对哥哥给自己的建议，回一句嘴就足够了，岁子却多嘴说了哥哥的学习，她感到自己话有点儿说过了头。不过哥哥却只是和气地说了一句，“嗯，这样啊。”他的态度反而让岁子心里更加内疚。

“哥哥,棕榈树开花了呢。叶子下面的梢头上一簇簇开得很盛。我从下面经过的时候,有小小的凉凉的东西掉在脸上,我还以为下雨了,结果发现是棕榈树的花儿落下来了。”仿佛是为了讨好哥哥,岁子天真地说道。哥哥心情变得大好,“棕榈开花了吗?那么你看看树下,现在地面上一定是像撒满了粟米一样,很美吧?”

岁子蹲了下来,手掌轻轻拂过地面。她柔软的掌心,沾到了薄薄的一层干爽如沙粒般的棕榈花粒。那微微的潮气蕴含着一丝丝情趣。岁子不由想到了一句东洋哲人的优美诗句,“暗中行路踏金屑”。怀着一种隐秘而超俗的心情,她踏过撒满地面的棕榈花粒,穿过了枝叶繁茂的弓形凌霄花廊。岁子感觉今晚,自己与哥哥,与未婚夫,都似是无缘之人。

岁子的哥哥曾我弥一郎和岁子的未婚夫静间永吉所学专业不同,前者是桥梁,后者是建筑,但都是同一所大学的毕业生,且都长期在欧洲留过学。所谓的文化人,恐怕就是指这样的两位青年吧。他们深深知晓,近代的文化人必须通过事务工作或是娱乐,来抵挡过人的清寒知性所带来的寂寞和无聊——事实上两人也完全做到了这一点。回国后,他们两人的交往益发密切起来。喜欢的物品,往往会出现一方割爱,交给另一方继续使用的情况——烟斗、领带扣、书桌上的一枝花等等。于是，岁子的哥哥给朋友和自己的妹妹订了婚约，就变成顺理成章的事情了。原本两人心中都对岁子有一种怜爱之情，并不想把她交给别人。岁子的哥哥认为，自己长大成人的妹妹天性坦诚，那些不懂她可贵之处、会随意惹恼她的人根本配不上自己的妹妹。而勇吉也有足够的资格和自信相信，自己可以代替岁子的哥哥，照顾这个和自己性格完全相反，内向又浪漫的姑娘。因此，对两人之间守护岁子的职责的交接，他有足够的默契和亲切感。

"那孩子最近怎么样啊？"

"你说那孩子啊，哈哈哈，因为我最近一直守在工作室里，那孩子好像感觉有点儿无聊呢。"

每逢弥一郎和勇吉在外面相聚时，他们之间就会进行这样的对话。两个人都把岁子叫作"那孩子"，从这一点就能看出两人从各自立场上对岁子的爱和相互之间的默契。

"那么，你把她交给我照顾一阵子吧。我这三周时间正好是工作间歇，可以好好陪陪她。"

岁子在未婚夫和哥哥的家之间如此这般地往返，接受着两人的照顾。幸好哥哥尚是单身，而未婚夫家里虽然有一位阿姨，但这位中年女士自认自己只是做杂务的，所以并不会出言干涉。

感觉到自己生活状态似乎过于优哉的岁子，有一次曾经问过未婚夫，“我每天都这么悠闲没问题吗？”

听到岁子的疑问，未婚夫深入思考了一会儿，不过立刻就舒展开眉头道，“嗯，能舒服的时候你当然要尽量舒服着呀。”

岁子非常信任自己未来丈夫的聪明头脑。但同时，对他这种过于包容的性格，她又有些反感。

回到哥哥家后不久，有一天，岁子和哥哥一起去听音乐会，回来的路上两人顺路去了烘焙屋，在那里吃了香草味的冰激凌。也许是因为冰激凌的香味过于浓烈，岁子回到家里后，上了床却半天睡不着。岁子小时候身体虚弱，像这样睡不着的夜晚，乳母会给岁子睡衣外面披上一件天鹅绒的斗篷，然后牵着她的手一起去附近树木繁茂的邸町的小路上散步。走在静谧如水的天地间，少女慢慢感觉到丝丝寒意。于是脚下的地面变得朦朦胧胧，睡意随之而来。她的嘴巴圆圆的自然张开，打一个小哈欠，这时眼尖的乳母就会说，“啊，夜晚的星星总算碰到小姐的手啦。”然后把岁子抱在自己柔软的胸前带回家去，放在床上让她沉沉睡去。想到了这些，岁子也给自己的睡衣外面披上了针织披肩——这是哥哥欧洲留学时买给自己的礼物，她走到外面。虽说如今已经不能希望已去世的乳母能陪着自己散步了，但她内心想让哥哥或是未婚夫贴身陪伴自己散步的欲求也意外的淡薄。两位绅士会说，岁子身上出现的这样的生理现象是人生理生活的必然需求，他们会对此进行亲切的关爱，但应该不会感受到超出这一生理现象之上更深层的东西。虽说那想法极其幼稚，但像乳母那样充满神秘色彩的特质，哥哥和未婚夫身上却全然没有。即便是相同的爱意之手，但和乳母给人的触感也不一样。岁子与生俱来的敏感本能，让她对这样的事情分辨得很清楚。

这种时候，岁子就会思考自己和哥哥、自己和未婚夫之间的关系。也许从某种意义上来说，自己是个非常幸福的女人。但像这样，自己最重要的心情却得不到最亲近的人的理解，如此说来也许自己正是世上最不幸的女人。然而这种事情即便说出来也无法得到别人的理解，反而一人独自徘徊在深夜能让这种焦躁感消减许多。

岁子哥哥居住的这一地区，甚至连道路都是某些人的私有地。道路处处有栅栏，是个安全方面做得相当用心的地方。女子一人在深夜漫步也不需要太过担心。

一边呼吸着即将升空的月亮笼罩下的夜空的清凉气息，一边感觉繁茂树木中充满理智的潮气和大地蒸发出的热气不可思议的交错感，岁子的心情缥缈不定。沿着树篱转过几个拐角，走到了一处古老的带刺灌木林荫道旁。经过这里时，岁子无意中看过去，同时，树篱那边一位穿着青灰色罩衫的青年轻轻地走了出来。两人的视线对个正着，岁子不由得停下了脚步。就像在人迹罕至的山里，人和人的偶然相遇一样，岁子的心中掠过一丝无法移开眼神的恐惧，同时还有一种思恋之情。明亮的月光将青年的脸照得很清楚，他五官端正，但眉目间似乎略带一丝忧愁。青年用不太大的声音招呼岁子。

“今夜月色很美呀。您是曾我先生的妹妹吧。要不要进来看看呢？”

即便是岁子，这时也有些狐疑，暗自思忖，“这位青年是怎么一回事呢。哥哥说过，这附近有一个学校学弟的家，莫非就是他？”

青年又立即说道：“今晚我家的庭院非常美哦。”那声音率直又带有一丝亲密感，仿佛和这世间普通的语言没有任何瓜葛。岁子听了青年的声音，心情很自然地倾向进去看看，不过表面上她还是安静地微笑着，婉言拒绝了一番。

“谢谢您了。不过……”

“不用担心哦。”

“但是……”

“您的哥哥应该认识我的。您哥哥是我学校的学长。”

果然如此，岁子心想。

青年叫作牧濑。

从那晚起，岁子认识了牧濑家的庭院，并且欣赏了庭院中池塘周围的诱人风景。那风景淡淡如画，充满魅惑，余韵不止。

第二天早晨,岁子和哥哥说起昨晚发生的事。于是哥哥说道:

“听说牧濑回国了,果然是啊。嗯,那家伙在我的后辈当中算是有些天分。听说人有点儿怪,不过内心是个君子。你和他来往没什么坏处,不过呢,也没什么益处。”

哥哥嘴上这样说,但也没有强行阻止岁子和牧濑的来往。

不知不觉,二十天中,岁子每隔一两日就去一次牧濑家,差不多有七八个晚上。这时也距离回未婚夫家的时候不远了,岁子心中想着,今晚是最后一次,走进了牧濑家带刺灌木篱笆的院子里。刚把岁子迎入院中,牧濑就开口道,“我正想着今夜该是你要来的时候了。月亮也和最初见你那晚一样美呢。”

远处是以往的小山丘和假山,还有枫树、紫薇等树木粗壮的树干。园丁修剪枝叶留下的痕迹,让人感觉庭园齐整的美感。春天,从岁子哥哥家的二楼庭院上能看到的那如云朵般绽放的樱花树,中央池塘里的水很浅,池塘边已经破损,形成了自然的白茅丛,里面混杂着一些细细的萍逢草和泽泻。石桥连接的中心岛的枯松那边,是灯火通明的房间,可以看到房间里美术品类的东西塞得满满当当。岁子最初来这里的那晚,最让她吃惊的是庭院里处处蓬蓬生长的夏日杂草。杂草中既有野菊也有藜草。总之,让人感觉整个庭院是一片夏草的海洋。

选了一处三叶草厚重生长、没有多少水气的岸边坐下，牧濑和岁子两人默默地沉浸在夏夜酝酿出的多少有些顽皮的气氛里。

青蛙低声聒噪，月光带着些许润泽。

“啊，真舒服呀。”

岁子感叹着，就像是在贪婪地吃着美味的食物。

“在这样的夜里，你还会不会像小时候那样变得睡意沉沉呢？”

牧濑悠悠直起斜躺着的身体，一边有些揶揄地问道。就在这七八天的夜里，岁子不知不觉把自己以前的种种人生经历还有感想都说给了他听。

“这种神清气爽让我没有睡意，或者是说，虽然眼睛睁着也和睡着是一样的感觉。”

“你说得真好。”牧濑笑着小声说。他稍稍靠近岁子，扒拉了一下用藤枝粗疏编制的食物篮中的食物和餐具。

“你渴了吗？今天尝尝这个吧，很好喝的。”

热水壶被月光照得闪闪发光，牧濑从壶里给杯子里满满地倒了一杯果汁出来。岁子举起杯子，迎着月光端详着。牧濑告诉她，“这是水晶石榴汁，上等的石榴汁。”接着牧濑笨拙地将木瓜切成小块放在小碟子上，挤了柠檬汁上去，然后和小勺一起递给了岁子。喝着似乎是传说中住在藐姑射山上的神女饮用的冰凉幽邃的石榴汁，吃着充满热情、甘甜可口的木瓜果肉，岁子的心情益发地愉悦起来。似乎是被跳蚤咬了之后的那种痒痒的对人依恋的情感，一点一点浮上心头。牧濑身上健壮的触感，通过夜色从他穿着运动衫的身体里传递了过来。

森林中有鸟影，近得似乎一下子就能被打下来。鸟儿"咔咔"地叫了两声。牧濑告诉岁子，那是被猫头鹰恫吓的五位莺。对似乎即将来袭的恋爱情绪的防卫本能，岁子不禁全身颤抖。在被牧濑邀请进入这个庭院以前，岁子丝毫不知东京都内居然有这样一处仿佛山中洼地般的地方。这里从三四代人之前就是牧濑家的宅邸，隔壁的岁子哥哥家的土地也曾属于牧濑家。牧濑完全像是提起他人的事情一样告诉岁子，过去，这一带都是江户的乡下，住着狐狸呀、狸子呀什么的，时常有秧鸡从涩谷川飞到这个池子的排水口来。这位青年每晚断片式地讲述自己的经历和生活，正因为他总是像是说起别人的事情一样淡淡地诉说，反而给岁子留下的印象更为清晰，对此岁子深感不可思议。

将牧濑片段式的言语综合起来，内容大抵是这样的：他对建筑史的研究渐渐从现代上溯到了原始时代。通过建筑看到的远古民族的质朴灵魂和单纯感情中，充满了雄浑且泼辣的生命力。他被这种精神力量折服。但是,根据岁子的观察,牧濑由高雅趣味而生的对现代文化的自虐式反抗,让他厌倦了一切复杂浓厚的东西,反而产生了对素朴之物的热爱。然而这样一种经过锤炼的大无畏的精神却也令岁子感受到了他个性上的孤寂。牧濑是一个衰老与年轻并存,充满着矛盾的人,他潜藏在所谓世纪末的颓废底层,试图抓住某种清新的精神。尽管如今的他还没有抓住那种精神上的东西,但却让人能感觉到他健康的肉体和高尚的情操。这也正是他身上让人想拿走却无法拿走的性格。

不知为何,今夜他淡淡讲述的语气背后,间歇性地会迸发出火焰般的热情。这热情火焰屡屡让容易受人影响的岁子心情波动,而且他不断地想讲述一些恋爱故事。无论是过去的传说还是捏造的故事,只要带上一丝浪漫气息,那么在水色月光下的清冽夜晚,似乎一切都听起来像是真实的存在。他钟情于恋爱,但关于激情的表达方式,却说了这么一番听起来有些怪异的话。

"……肉体和精神都通过感觉融合在一起,凭借如死一般的刚强力量,进入恍惚专一的虚寂状态,顺从那样生物的习性登上性欲的祭坛,这样也不错。但是,稍稍转移开注意力,就会发现这样的努力很是丑陋。而且一瞬间,人类灵魂的无限性就会随之消散,让我不禁扼腕叹息生命余韵的逝去。比起那些来,我觉得两具健康充满活力的肉体仅仅是并排躺在田野上,就像枝头鸟儿婉转鸣叫般地吹着口哨,如此就已能安然畅享爱的世界。这样两个能互相完全理解对方的男女才是我所认为的理想境界。”

微风拂过草叶上的露珠。气流循环减弱,混合在百合田里的气味中,带着些烟熏的味道飘了过来。对此岁子有些好奇,牧濑告诉她那是附近镇上的澡堂趁晚上在打扫烟囱。也许是灰尘的影响,也许夜色的清冷,让水面上笼罩了一片薄薄的银灰色雾霭。这片雾霭如同忽浓忽淡的漩涡,将注视它的人带入一片虚幻中,似乎在积极地邀请注视者来诉说潜藏在记忆中的所有情绪。

牧濑犹豫了一阵子,然后注视着虚无缥缈的雾霭,终于开始继续讲述:

“过去的牧神座和仙女座在他俩的关系当中,从没做过任何徒劳的挣扎。他们相信,在爱存在时,爱具有完全透彻的力量。他们两人像孩子一样疯狂玩耍,心中充满着绝对的爱意。即便彼此会因为对方做出的性质恶劣的恶作剧而发火、相互折磨,但也从没感到过对爱的动摇。对于相信星座之天理,彼此尊敬对方自然性质的人来说,没有必要让怀疑和不满横亘其中。如果那样的情绪到来时,也就是星座主掌的命运终结之时,自然他们会被交给下一个星座来支配。于是他们可以再一次用尽全力地去活。通过这七八个夜里你我之间的一些对话,我明白了一点。你似乎是那种无论对爱情还是好意,都会直率且无条件接纳的理想主义者。按照我的直觉,你应该对我思考的恋爱论会有共鸣。在这个夏天,在这七八个夜里,在这里和你所说的话,将会成为我人生中最好的记忆。说这样的话如果失礼的话,请你原谅。就算你即将和静间君结婚,我也感觉自己已经得到了你的特异性。”

“我身上有特异性吗?”

“如果强调你的特异性的话,你似乎是那种,如果别人命令你在保持纯洁的处女身的同时去受孕,你一定就会打算那么去做的人。哈哈哈哈……”

“……”

突然,牧濑旁若无人地站起来,走到了另一边。似乎想避开刚才的话题一样,又似乎是想继续刚才的话题,他像个祈祷者一样跪在了水池边。然后他又催促岁子也同样跪下。清澈的水面上倒映出了两人的容颜。黎明前的水面像是一面打磨过的铜镜,颜色凝重得像是存在着久远岁月的质感。

不知时光,不知从何而来的两个年轻男女的容颜从水底浮现出来。

凝视了一阵子,然后牧濑说:

“我们俩果然还是人世间的男人和女人啊。哈哈哈哈。”

岁子突然感觉到好像有什么东西在悄悄靠近自己的领口。然而对牧濑也好，对周围的状况也好，她心头都没有涌上一丝不安。或者说，岁子这时的心情是一片渺茫的，好像沉浸在自己的人生当中再不会有的梦中世界一样。

小鸟从附近的森林飞来，掠过水面，这时两人同时抬起了头。

渐渐发白的月亮已经离开，辽阔的天空呈现出一派黎明的气息。那是一种似乎天地张开了口，充满着不可言说的庄严和空虚的短暂时刻。

岁子一整晚基本都是在聆听青年充满矛盾独断专行的言语，然而她并没有感到丝毫无趣。在牧濑极其超凡脱俗的言语背后，岁子感受到了悲悯的人间至情，让她忍不住想要叹息。于是她叹了一口气。

“到底我还是让你叹息了。不过，那不是我的错，而是月光、夏夜的错，还有夜色里湿润的草叶气息的错。不过，仍然要谢谢你，陪了我这个‘梦游病’患者好几个晚上。一想到今天是最后一晚就让人依依不舍。但是天马上就亮了，我们要分别了……平凡而正常的白日即将到来。花了一整晚的时间，我们好不容易采集到的抒情的芬芳、清新脱俗的花儿也将要凋谢了。”

牧濑一说完，就沉默着分开院子里高高的杂草，步履沉重地走了。

结婚前夜，岁子对丈夫讲述了夏夜在牧濑家庭院里发生的事。于是她丈夫如同往常一样，深思熟虑之后，展眉说道：

“真是一个美好的体验呢。就以‘夏夜梦’为题，作为你的记忆珍藏起来吧。这份浪漫的回忆，每当你对结婚生活的平凡单调感到无聊时，可以时不时地拿出来反复回味。偶尔也分享一些给我吧。”

听完这番话，岁子开始爱上丈夫。

不久，从哥哥那儿岁子听到了关于牧濑的消息。听说他出发去了中亚，打算奋不顾身地去发掘那里古代建筑的遗迹。

越　年

当领到了年终奖、兴奋地吵着要去喝酒的男职员们离开位于大厦四楼的公司办公室后，加奈江和其他两名女同事一起换下工作服，也来到了走廊里准备下班。让人意外的是，走廊里还有一名男职员正在慢慢踱步。当加奈江向楼梯方向走了两三步后，这个男人突然疾步冲到她面前，二话不说给了她左脸一耳光。

“啊！”加奈江踉跄着向后倒去。那两名女同事——明子和叽子则全程目睹了这件让人目瞪口呆的事件。男人则在打人后立刻冲向楼梯，从后面只能看到他翻飞的西装后襟和迅速地消失在楼梯上的影子。

“堂岛先生，你等一下！”

认出了这个男人的明子冲着楼梯下面喊道。一个男人对女人做出如此暴行，这让同为女性的明子与叽子十分气愤，觉得自己必须做些什么。两人不安地看向加奈江的方向,发现她并未真的倒下,只是用手按着被打的左边脸颊,一动不动地站着。于是两人急忙下楼去追堂岛了。

此时的堂岛早已飞一样地跑到了一楼楼梯的拐弯处,两人根本追不上了,只好一边愤愤不平一边说着“真是岂有此理”,上楼回到加奈江身旁。

“被他跑掉了吗?也好,明天我要去找课长……,不能就这么算了。”加奈江红肿的左脸颊上闪着泪光,嘴唇颤抖着喃喃自语。

“你做了什么让堂岛记恨的事吗?”叽子问。话一出口,叽子自己也意识到不妥。加奈江也好,明子也罢,脸上都闪过明显不快的神情。加奈江立即瞪着叽子说:“当然没有!就是上周,课长不是说过让我们少和男职员们搭话嘛。所以有一次他和我说话我没吭声。”

“这样啊。那一定要好好教训他一下。我支持你。”为了弥补刚才的失言,叽子积极地表态。

“要是课长还没走就好了。可惜他今天下午早早就回去了。”明子觉得要是能让课长现在就看到加奈江肿起的左脸会更好。“只能明天再让课长看了。我们走吧。虽然有些绕路,不过我还是和加奈江一道搭电车,送你一程吧。”

于是家住青山的明子和加奈江一起乘上了去麻布方向的

电车。加奈江被打的左脸已经有些麻木了,一上电车又开始偏头疼,左眼不断地流泪,因此她全程始终低着头,明子也一言不发。

第二天吃早饭时,明子走到加奈江旁边,看了一下她的左脸后说:“太好了,没什么伤痕。”可加奈江却满腹不满地说:“我昨晚因为委屈和头疼,整晚都没睡着。”两人乘上电车来到公司。加奈江不断想象着自己今天要如何在课长面前谴责堂岛,想着想着不由得激动地浑身颤抖。

为了掩饰,加奈江将脸转向窗外。

叽子其实也在等着加奈江的到来。

她几次三番地从女职员们的整理室,溜到男职员们所在的大办公室,打探堂岛有没有来上班。

“都十点了,堂岛还没来呢。”叽子有些着急地嘟着嘴对加奈江说。明子则说:“课长已经来上班了,干脆咱们先去找课长吧。要是他一会儿出去了就麻烦了。”

于是加奈江定了定神,又将两人的提醒和自己该如何应对细细想了一番,终于下定决心走进了课长的办公室。谁知一进门,课长就告诉她一个让她意外的消息——堂岛辞职了。

据说他昨晚把辞职信用速递寄出,现在他的辞职信正在课长的办公桌上呢。

“没想到他是这种人啊。真是太卑鄙了！对公司也是,刚拿到奖金就辞职。还没留下地址，只写着目前正在另寻住处，明显是在逃避。当然不能让你白白被打了，你可以去告他。去打听打听就能知道他现在在哪儿了。”

对加奈江的遭遇课长也十分吃惊。他仔细地看了看加奈江消肿后雪白的脸颊，说：“倒是没留下什么伤痕。”

加奈江回到了整理室。

一直等着她的明子和叽子一听说堂岛辞职了，气愤地说：“这个可恶的家伙！这该怎么办？”叽子甚至一边跺脚，一边像个男人似的用拳头砰砰地敲着桌子。

“一定是早就计划好的。他对公司或者是咱们有仇，结果都报复在你身上了。”明子皱着眉头，扭头看着加奈江分析道。

与两人的愤慨完全不同，加奈江瘫坐在自己的椅子上，深深地叹了一口气。挨了打却无法讨回公道的委屈，像沉重的铅块压在她的胸口，让她几乎无法呼吸。

午餐时间到了，加奈江却毫无胃口，只是喝了几口明子给她倒的茶，带来的便当一口也没有吃。

“你打算怎么办？”明子担心地问。

“我去问问坐在堂岛旁边的人，看看他们知不知道他去了哪儿。”说完，加奈江无精打采地站起身。

拓殖公司的大办公室里，乱七八糟地摆着若干办公桌，桌上堆着各个轮船发回来的报告书。办公室四个角落里放着取暖的煤油炉，三十几名男职员都脱下了外套，挽起袖子，忙着处理文件和账簿。加奈江穿过几张办公桌，走到堂岛坐过的桌子前。他右边的桌子坐的是一个叫山岸的小伙子——他经常和堂岛一起去喝酒。

加奈江问山岸："听说堂岛先生辞职了。"

"是吗？怪不得今天没来上班呢。以前就听他说要辞职，说是品川那边有个电气公司要招人。"

其他职员们听到两人的对话，也七嘴八舌地说："真的？有这种好事呢。那小子果然聪明，见机得快啊。"

"他以前就说，这种公司，一旦不打仗了就很容易陷入衰退，没什么前途。"山岸故意大声这么说。看来他也有不满。

"你知道他去哪儿了吗？"加奈江关心的是在哪儿能找到堂岛。

山岸有些不解地看着加奈江，接着好像明白了什么似的笑着说："怎么？你那么想知道堂岛的地址。那你得请我喝一杯啊"。

"不是那么回事儿！你和他不是很要好吗？"

"谈不上多么要好，就是一起去银座喝喝酒。曾经喝多了一起在街上喊一喊罢了。"

"那你知道他现在的地址吗？"

“你越说越奇怪了。你到底想干什么?”

加奈江知道自己不说明昨天发生的事情不行了。

“堂岛先生辞职后,你还和他来往吗?”

“你还真是!我们就是一起喝个酒的关系。他辞职了自然不会再一起喝酒了。顶多以后在银座遇到了打个招呼罢了。”

“那我就告诉你吧。昨天你们下班走了以后,堂岛他专门等在走廊里打了我一耳光。我当时都被打晕了。”

加奈江也不再称呼堂岛先生了。她一边说着,一边用右手比画着扇耳光的动作,闭上了眼睛。再睁开时,眼中已泛起泪光。

“什么!这家伙竟然……”

山岸和周围的其他职员都站起身围了过来。加奈江告诉大家自己被打的理由仅仅是因为没有回答堂岛的话。大家都知道加奈江平素就十分温顺,听到她竟然因为这种理由被打都十分生气。

“辞职去了其他公司就算了,临走竟然还打了女同事。这是对公司威严的挑衅啊。虽然山岸君也在这儿,可我还是得说不能就这么放过他吧。”

“说什么呢!我也不会放过这家伙的。他经常去银座,只要找到他,我一定替加奈江教训教训他。”山岸说着还挥了挥拳头。

另一名职员打断了他,“要是真想教训他,那就直接冲到他家去找他呀。”

“所以我才想知道堂岛的新地址。课长给我看了他的辞职信,上面写着目前正在另寻住处。”加奈江求助地看着山岸。

“这样啊。他倒是说过要跳槽到品川的公司去,家也要搬过去的话,不过没说过具体地址。你先别着急,不管哪家酒吧一过十点就把客人赶出来了,所以只要在银座的……对了,应该是银座西边的几条小巷子里找一找,一定能找到他。”山岸十分肯定地对加奈江说。

“那我就去看看吧。你可不能给他通风报信!”

“你这么说就太看不起我了。我可是决心要助你一臂之力的。”

其他职员们听到这儿,不由得开始喝彩鼓掌,像是要给佐藤加奈江这个要去复仇的女剑客壮行似的。

“我们要是去了银座也会帮你留意的。佐藤,你要加油!”

这天晚上,腊月的寒风带起了路上的浮尘,银座大街的行人们都不由地掩住了口鼻。加奈江也把围在脖子上的围巾下摆从外套中拉出来捂在脸上,但又怕这样会错过堂岛,于是急忙拉下围巾，前后左右地张望着。今晚明子陪加奈江一起，两人从新桥开始，沿着银座大街一路寻找堂岛。

“都这么找了十天了，真有点儿烦了。”加奈江叹了一口气，终于说出了心里话。听她这么一说，明子也终于可以一吐为快了。“我最近眼睛都花了。总是盯着拥挤人群里的人脸看，看得我头都晕了。每次回到家倒在床上，觉得天花板都在转，直想吐。”

“真是对不起了。”

“没什么，其实也习惯了。”

有那么一会儿，加奈江没说话，只是注意着来往的行人。“我刚被打的时候觉得特别委屈。可是时间一长也就不那么委屈了。反倒是每天这样明明已经累得不行了，还要在银座走来走去，让我觉得自己像个傻子似的……我就想干脆不看了，管他走过去的是谁呢。可马上又后悔了，万一刚才走过去的是堂岛呢？又急忙回头去看。这真是造的什么孽呀！”

“这可不行啊！你不能这么三心二意的。”

“其实被打了一耳光也不是什么大不了的事，再说女人因为这个就整天想着要报仇，也不是个事儿啊。”

“你真是这么想的吗？”

“也不是啦。有时候会这么想而已。而且，在公司里他们也总是会问我‘还没找到吗’。”

“这么说来我才是最傻的那个吧。”明子一边说着，一边笑眯眯地看着加奈江，可忽然觉得刚刚经过的那个男人挺像堂岛，便急忙转过头去。那个男人也停下脚步，不满地看着她们问：“怎么了？”明子反而红了脸低下头。男人一边嘟囔着什么竟跟着她们来了，加奈江和明子这会儿可顾不上找堂岛了。两人飞快地向南一直走到银座七丁目的横丁。这时，从停车场里面开出一辆出租车，车里的乘客很像堂岛。两人像拼命划水似的向前伸着手，追在出租车后面，可是从后车窗里只能看到乘客戴着的礼帽。

两人对找到堂岛又重新燃起了希望，继续行走在夜晚的银座大街上。虽说是年底，可事变之后，到处都在提倡节俭，要紧缩开支、物尽其用。这种紧迫感不仅笼罩在街上，还体现在穿梭于大街小巷的行人身上。加奈江和明子却像是要反其道而行之似的，奋力在人群中分辨着一张张面孔，这让两人更感疲惫。

“快过年了家里这么多事儿都不知道帮忙。”加奈江的母亲和明子的母亲都对女儿表示了不满。

加奈江也好，明子也好，都没有把加奈江被打的事情告诉母亲。两人明白，要是说了为了报仇，要在银座找到堂岛的话，一定会被禁足的。不过眼看马上就要过年了，因此两人商量，决定剩下的四天不再出来了，而是待在家里帮忙做过年的准备。等明年——新的一年来临了，一定要找到堂岛，讨回公道。正是怀着这种信念，两人才鼓起了干劲儿。

过了初一，加奈江一直等着明子来找她。一直到三号，明子也没来。加奈江这才意识到，去找堂岛是自己的事，明子只是陪她，所以看来应该自己主动去找明子才行。想到这儿，加奈江不由得苦笑了一下。之前，两人去银座时为了方便行动，都没穿和服，而是穿着上班时的灰色西式套装，外面再穿上深蓝色的大衣。不过现在还是过年期间，又是要去仅去过几次的明子家拜访，因此加奈江认真地化了妆，还找出女子学校毕业后这两年都没穿过的和服，系上和服腰带。长久没穿过和服已经不太习惯了，再加上经过新年假期心情放松之后又要重新开始冒险的期待与兴奋，让加奈江有些喘不过气来。加奈江穿上毛呢大衣走出家门。虽然还是一月份，但这个晚上却少见地暖和。

加奈江到了明子位于青山的家，明子也急忙穿上和服，两人一起出门坐上去银座的公交车。

“我刚过了新年就想去找你了，又觉得太早了不合适。而且还在松之内(1 月 7 日—15 日)，银座的酒吧什么的关门得早，应该不会有人去喝酒吧。”明子的话有几分像是在为自己辩解。

“其实我也是。总觉得大正月里早早就叫你出来干这种事不合适。不过,既然是新年,咱们不为了找人,只是来银座转转也不错啊,所以我才特意穿了和服。咱们今天就散散步,去末广或者奥林匹克吃个牛排。”

现在的加奈江和出门时的想法又不同了。

“这样也不错啊。就是穿和服吃牛排有点儿……”

“哈哈!”

两人开心地笑起来。

银座大街上有些店铺已经关门了。行人也不多,正适合散步。夜晚的摊档又还没有出摊,从这边能很容易地看到对面的行人。加奈江和明子从尾张町很快就走到了银座七丁目的桥。两人有些沮丧。

“怎么办?是过了桥去京桥方向的奥林匹克,还是走西边的小巷,当然不是为了找堂岛,不过走西边的小巷可以去奥林匹克。”

加奈子和明子商量。

“好像咱们都习惯了,到这儿就要往西边去。”

明子还没说完,两人已经拐向了西边。

“你看,就是那儿,去年年底咱们就在那儿看见一个像堂岛的人在出租车上。”

明子指着远处说。两人脸上轻松的表情不见了,取而代之的是严肃。两人沿着小巷返回尾张町的方向,不知不觉间,她们的眼睛开始仔细地盯着两边的行人，脚步也越来越沉重。

走到资生堂所在的交叉路口时，有五个已经喝醉了的男人搭着肩膀、并排从街边的咖啡店走了出来。走了两步五个人忽然转了半圈，与加奈江和明子擦肩而过。

“你看，是堂岛！就是右边数第二个。”

明子一把抓住加奈江的手腕小声提醒她。加奈江好像猎人看到了猎物，一下振奋起来，拉着明子追了上去。加奈江焦急地想，要是这五个人能分开，让堂岛一个人落了单就好了。她也想知道再看见自己，堂岛能不能想起那件事。加奈江一边想着一边注意地盯着堂岛的背影，却发现他故意低着头的样子有些奇怪。这时，堂岛忽然回头看了一眼。

“堂岛先生！请等一下，我有话和你说。”

加奈江立刻走上前抓住堂岛的大衣后摆，拉住了他。明子也上前拉住了堂岛的大衣。堂岛惊慌地扭过头，可两个女人使出浑身力气牢牢地抓着他的大衣，防止他逃走。于是原本一字形并排走着的五个人，变成了 V 字形，堂岛拖在最后。

“咦？堂岛君竟然这么受女人欢迎啊！”好像是堂岛同事的其他四人散开来，满脸惊讶不解地看着加奈江和明子。

“不是的，不是那样的。对不住了，对不住了……”

堂岛说着，示意同事们先走。他被加奈江她们抓着大衣，跟着她们走到了西边的一条横街上，来到一个没有行人的小印刷厂门前，堂岛停下了。担心一旦松手堂岛就会逃走，所以加奈江一直牢牢地抓着他的大衣，越使劲心里的恨意就越深，此时的加奈江心里充满了惊人的愤怒。

“为什么打我？就因为我没回答你的话你就能打我吗？而且还是在辞职离开的时候打的，太卑鄙了！”

泪水模糊了加奈江的双眼，她甚至看不清堂岛的表情。一直以来堵在心里的铅块逐渐消失，泪光中浮现出的是自从被打后自己痛苦度过的每一天。

“没错！遇到这种事我们不能只会忍气吞声。我们告诉了课长。还有山岸君也说绝不能饶了你。你看该怎么办吧。”

奇怪的是堂岛一直呆呆站在那儿。明子不住地轻抚加奈江的肩膀安慰她，又叫她一定要打回去。可加奈江虽然以前在女校上学时也和同学起过争执，却从来没有动过手，因此，虽然现在的她看起来气势汹汹，但真要让她动手去打还堂岛一个耳光，她还真干不出来。

“太过分了！真是太过分了！”

加奈江不停重复着这句话，好像在给自己壮胆。终于，她对堂岛说：“你打了我，我也要打你。否则这件事就过不去。”

于是加奈江终于伸出手打了堂岛一个耳光。但就在她伸手的瞬间，其实已经在担心是不是打重了、会不会打出鼻血。

手掌接触到堂岛的脸，有一种男人的油腻感，这让加奈江不由得退了一步。

“不能就打一下。不是还有利息这种说法嘛！”

明子在一旁鼓劲儿，但加奈江却没有再出手的勇气了。

“喂，怎么钻到这种地方来了。”刚才的四个男人跟来了。加奈江独自一人向数寄屋桥的方向跑去，明子急忙追了上去，“怎么不多打几下呢。”语气中带有几分加奈江没有把自己也陪着受累的那一份帮自己讨回来的不满和遗憾。

“我没打算要什么利息。不想以后后悔。这样就行了，我已经心满意足了。谢谢你这些日子的帮助。”

加奈江语气郑重地说着，向明子行了一礼。明子也释然了，对她说：“祝贺你。”这时加奈江忽然想起：“对了，咱们还没吃牛排呢。走吧，去庆祝一下。今天我请客。”

两人向末广走去。

一月六日开始上班。明子把报仇成功的事告诉了叽子，叽子又告诉了男职员们。大家本来就还沉浸在过年的喜庆氛围中，听到这个消息更是兴奋，高声笑着、嚷着来到了整理室。

“大家这是怎么了？”

晚一步出现的课长看到这情景不由得皱起了眉头，不过听了缘由也高兴地笑了。他分开职员们走到加奈江桌旁，祝贺她，“干得好！报仇成功了！”

虽然所有人都在称赞加奈江，但打还堂岛耳光时，心中的委屈愤怒一扫而光那种痛快的心情却早已消失了。听着大家夸赞的话，加奈江反而觉得这是在指责自己的行为不像个女人，不由得心中有些厌恶。

下班回到家，无所事事地过了一个晚上。已经没有再去银座的动力了。当然，明子也没有来找她。外面异常地暖和，下的不是雪竟是雨。加奈江坐在房间一角，看着前面庭院里雨中的山茶花，不由得思考起以前那些报了仇的人后半生都是如何度过的。再想想自己那所谓的报仇，比较起来自己真像个傻瓜了。

一月十日，加奈江在公司收到一封信。信封上的寄信人只写着"内详"。加奈江疑惑地拆开一看，竟然是堂岛写来的：

这封信就算是对以前事情的一个回答吧。我知道自己要说的话很奇怪，但我心里很清楚。原来的公司前景不明，所以我才决心跳槽到现在这家专门做军需品的公司。但辞职时我还有一件事无论如何都弄不明白。那就是我对你的感情。一旦辞职就不可能再见到你了。因此辞职之前我想和你表白我的心意，希望能够获得你的同情。但我却是那种面对任何女性都无法当面说出表白之词的人，因此我一直拖延着，直到领到奖金,就要辞职离开公司的最后一天,我终于决心要对你说了。可又担心一旦被你拒绝,我自然只有灰溜溜离开的份儿,而你也势必会很快就忘了我。这么想着,我觉得倒不如和你吵一架,或是做一件什么让你讨厌的事,这样你也许就不会忘了我。只有这种极端的做法才能把我的感情拉回正轨,我无论如何也无法摆脱这种荒唐的想法,于是那天我才会像中了邪似的打了你。但我马上就后悔了。打女人,还是自己喜欢的女人,这是我内心不能允许也无法原谅的行为。我万分痛苦。我也想给你写一封信道歉,但这么做只是对自己的救赎,太自私了,因此我放弃了给你写信这个想法。直到那天在银座遇到你,让你打了之后,我想你的心情终于舒畅了,整个人才有些释然。本想当时就向你道歉,可还有别人在场,因此我犹豫再三,终于还是没能开口,只有今天借这封信说明情况。请你原谅我。

堂岛 洁

加奈江从来不知道男人的感情会如此猛烈不受控制,她甚至觉得自己已经感受到了堂岛那炙热的感情。想到自己的手、堂岛的手都曾有一次忘我地打在对方的脸上,可是自己却和这样的堂岛分开了,不由得感到有些残忍。

要不要再和他见一面,开诚布公地好好谈谈呢……

加奈江没有把堂岛的信给明子看。晚上下班后她一个人去了银座。接下来的两个晚上,她也都去了。独自一人徘徊在十点过后的银座大街和后面的小巷中。但再也没看到堂岛的身影。

那些天倒是起风了。

是一月应有的凛冽寒风。